原田康子の挽歌

北海国の終焉

An Elegy by Harada Yasuko
The End of the North Country

Nam Bujin
南富鎭

作品社

原田康子の挽歌

――北海国の終焉――

【目次】

序章
終焉と出発、喪失と成熟

凍原（米坂ヒデノリ、著者所蔵）

第一節　問題提起

(1) 誰の挽歌なのか

原田康子の代表作と言えばおそらく『挽歌』であろう。戦後に一大ブームを引き起こした代表作である。しかし一大ブームの前提となる肝心の挽歌とはいったい誰の死に対する挽歌なのだろうか、というのが本書の主要テーマである。

作品内容の筋的には不倫のすえ釧路湿原で自殺した桂木夫人のあき子であろう。あるいは文学的な解釈としては一般的になっている「青春との決別」ということも可能だが、果たしてそうであろうか。そうしたありふれた成長小説のようなテーマが戦後の一大ベストセラーの主旋律であったとは思えない。それとは全く別の旋律が、あるいは基礎低音が存在するのではないだろうか。

原田康子『挽歌』はいまだに多くの神話的な伝説をもっている。日本の北の果てといわれる釧路出身の女性作家の、しかもガリ版の同人雑誌に掲載された作品が、石原慎太郎『太陽の季節』（一九五六年）と相並び、三島由紀夫『美徳のよろめき』（一九五七年）の人気を圧倒し、同時代を牽引した松本清張『点と線』（一九五八年）を凌駕する、時代の大きなブームを起こしたのである。

小悪魔的で少女的な情熱、北の大地の森林や湿原でくりひろげられる不倫と自殺は衝撃的なものとして受け止められ、さまざまな議論を巻き起こした。戦後の新しい文化風景として論じられてもきた。しかし、肝心の『挽歌』が一体誰の死を悼むものなのかについての議論はほとんどなされてこなかったように思われる。『挽歌』は一過性の流行小説のようにみなされ、その意義は十分に考察されることもなかった。そのため、『挽歌』は今なお大きく誤解されたままの状態である。

本書は原田康子の挽歌がいったい誰の挽歌なのかを探るものである。

（2）喪失と成熟

原田康子と『挽歌』の関係は、太宰治と『晩年』（一九三六年）の関係にやや似ているかもしれない。若い作家のデビュー作に近い作品の題名が唐突に『晩年』であったり、『挽歌』であったりするからである。石原慎太郎『太陽の季節』のように、作家は必ずしも同時代を自己の青春と並行して生きているのではない。太宰治と原田康子にとっては同時代が、すでに取り残された

『晩年』であったり、すでに『挽歌』を捧げるべき時代であったりするのかもしれない。村上春樹文学の本質もそうである。すでにすべてを喪失した主人公が以前を語っているのである。

いまはだいぶ風化しているが、戦後一〇年における『挽歌』の登場とその一大ブームは、おそらく村上春樹『ノルウェイの森』（一九八七年）に匹敵するものと思ってよいだろう。大きななにかを失い、心に大きな空隙があり、なにか新しい時代のようなものが始まった印象であったろう。それを文芸評論家江藤淳の言葉で言うなら、「成熟と喪失」に尽きるであろう。[1]原田文学でいう「喪失」されたのは戦前であり、旧植民地的な性質が強かった北海道と釧路のロマンであろう。「成熟」とはいうまでもなく、戦後社会と高度経済成長、具体的にいうと戦後資本による北海道や釧路の内地化である。

それを江藤淳の論理で言うと、副題の「母の崩壊」とは北海道のロマンを支えてきた「大地の崩壊」になるのだろうか。母に象徴される「大地の崩壊」とは「夢の国家」の挫折を指すのであろう。その代わり、父権による文化血統主義が復活する。母と父の象徴性を入れ替えてもさほど違いはないだろうが、その象徴性の内容を具体的に示せば、独立国家への道が遮断され、内地日本の周辺地域に組み込まれた北海道の戦後ということになるのであろう。

第二節　札幌をめぐる二つの風景

(1)「ああ、札幌に帰りたい」――植民地朝鮮からの視座

ここで二つほど北海道に関わる植民地的な風景を紹介しよう。一つは戦前において日本の植民地であった朝鮮水原の小学校六年生の教室で行われた綴り方の授業風景である。朝鮮水原で成長し、植民地期朝鮮関連の多くの作品を書いた湯浅克衛『葉山桃子』(一九三九年)の一場面である。筋はこうである。

朝鮮水原の小学六年生の綴り方授業で、北海道札幌から水原に移住したばかりの的場まき子が「札幌に帰りたい」という自由課題を読み上げたことから始まる。内容をやや抜粋して紹介する。おそらく湯浅克衛の実体験だったであろう。

私はちやうせんに来てみてびつくりしました。

道は狭くて、土で出来た穴のやうな家が押し合ひへし合ひして並んでゐます。家根《ママ》の藁はぼうぼうと立つてゐて、夜なんかときどきお化けのやうに見えます。その家と同じやうなお墓があるとせんじつの日曜日に家の馬丁が云ふのでついて行きましたら、短かくて土のむきでた草原にいつぱい瘤が出来てゐました。それを見てゐると吐きさうになりました。…（中略）…。

お父さんは気候や風土がかはつたから子供の神経衰弱になつたのだと云つて笑つて相手にして呉れません。

だけど、一昨日馬車で通つてゐましたら、くさいにほひのしてゐる食べものやの門口に大きな牛の頭が煮えてゐました。鍋の中に頭をつけて、角を突き出して、目をどろんとむいてゐました。…（中略）…。そしたら、中から朝鮮人のおかみさんが出て来て、その眼玉を箸をつついて、丼にとつて、お汁をすくつてかけてゐました。

どうしてあんなざんごくなことをするのでせう。

あたいは札幌に帰りたくて仕方がない。札幌の道には痰なんか吐き散らしてありません。エルムの林や橄欖の林や、青々としてゐて、今頃は、橄欖の花が花盛りです。鈴蘭の花もきれいです。楽しい、とつても懐かしい友達も居ます。ああ、札幌に帰りたい。こんな汚ない朝鮮は、いやいや。

綴り方を書いた的場まき子の父は、札幌から李王家の牧場管理のために赴任した農学博士の高級官吏であった。的場まき子の綴り方朗読に植民地の教室はしーんとなる。しばらくの沈黙のあと、葉山桃子が突然すすり泣きながら、「ちやうせんは……／ちやうせんは、きたなくはない。／ちやうせんは汚くはない」と泣き叫ぶ。これに触発されて教室の女生徒たちもすすり泣く一大騒動になる。

札幌からの転校生である的場まき子に強く反論した葉山桃子は、朝鮮水原生まれで、両親は郊外で果樹園を経営し、のちに果樹園を継ぐ闊達な女主人公である。朝鮮水原を故郷として生きる女性である。故郷と生地、内地と外地、植民地朝鮮と北海道、札幌と水原、内地と札幌（北海道）をめぐる捻じれた構造が複雑に絡み合っている逸話である。札幌と朝鮮はどれほどの相違があり、どこまで一致しているのだろうか。

（2）「あの札幌に帰りたい」――内地からの視座

もう一つの挿話を紹介する。森田たま『石狩少女』（一九四〇年）である。的場まき子と同じく札幌の裕福な家庭で生まれた女学生である。林檎の実のように美しく育った女主人公野村悠紀子は、一七歳で札幌の女学校を卒業し、火災や姉の病気により秋田の親戚筋である許嫁の家に一時起居する。文学少女として育った悠紀子は、少女雑誌を読んだり、英語の先生に惹かれたり、トルストイの思想に憧れたりしながら、内地へ夢のような憧れを抱いている。内地への憧れは肥大化し、「そこは地上の楽園であり、同時にまたあらゆる文化の源」であり、「内地の娘はすべて美しく、利口で礼儀正しく、しとやかである」とさえ思い、いよいよ許嫁が住む秋田へ向かうために連絡船に乗り、青森に到着する。

しかし現実は全く違うものであった。内地の玄関口である青森の埠頭に降り立ったとき、周りの荒んだ風景に、野村悠紀子の内地への憧れと夢が粉々に砕けていく。以下はその気持ちが集約して噴出している場面である。

ああいう美しい並樹は、この町には無いにちがいなかった。それからまた五番館のような、煉瓦づくりの、ショウウィンドウのひろいしゃれた店も、この町にはないであろう。この町は何となく古ぼけていて、うす汚いように見えるけれども、それは自分の思いちがいなのだろうか。

ポオ、ポオオとひびく笛の音をきいていると、悠紀子は胸があふれて涙がこぼれそうであった。帰りたい！　アカシヤの緑や楡の緑がむくむくとわきだすようにもりあがって、町全体がその緑の中へうずまっているようなあの札幌に帰りたい。こんな汚い内地からは、一刻も早く出てしまいたい。

大正ロマン主義の時代に札幌の上流階級で成長した文学少女が、初めて目にする内地日本の風景である。さらに野村悠紀子は秋田の許嫁吾郎の家にしばらく滞在するが、二人の間には悠紀子が夢見た恋人同士の睦まじい恋愛などが生まれるような環境がなかった。古い因習と貧困、薄汚い農村生活の日常が続く。こうした内地の風景に辟易した悠紀子は、許嫁を捨てて一人で札幌へ逃げ帰ることになる。夜汽車で悠紀子は涙を流しながら次のように決心する。いわゆる少女小説には相応しくない厳しい結末である。

不意に吾郎の、そう云った言葉が思い出された。不意に涙があふれて来た。
「あたし、決して結婚なんかしないわ。決して結婚しないわ」
悠紀子は汽車の窓の自分の顔に、かたく誓うように呟やいた。吾郎のために結婚すまいと考えたのではなかった。彼女はただ何となく、自分は一生一人でいようと思ったのである。

森田たまの生活体験に基づいた『石狩少女』は一般に少女小説と見做される傾向がある。札幌育ちの文学少女のロマンで溢れた作品は、あたかも大正ロマン期における梱包された少女趣味が時代錯誤的に、一九四〇年に突如現れているような印象さえある。しかし『石狩少女』は従来一般的に評価されるような少女小説ではないかもしれない。野村悠紀子の内地への幻滅、札幌への郷愁と回帰は、さらに「一生一人」で生きる固い決心は、北海道がもつ思想性と風土性に起因するのかもしれない。結婚や恋愛に表象される内地との関係性の再設定にもなっているのである。未婚性と不妊性という政治的な意味合いも含んでいる。その象徴的な言葉が「決して結婚しない」、「一生一人」という言葉であることは言うまでもない。

秋田の許嫁の存在と婚約と破綻は北海道の内地化とは無関係ではないように思われる。「一生一人」とは札幌の人として、あるいは北海道の人として生きることを示唆するようにも思われる。こうした観念は、詳細はのちに述べるが、原田康子の晩年の力作『聖母の鏡』で到達した「北海道という植民地にひとしい土地」から「故郷」を再発見する過程と一脈相通じているように思える。

また北海道札幌への憧憬と故郷の再発見は、朝鮮水原に転居した『葉山桃子』における的場まき子の綴り方と同じである。『葉山桃子』の的場まき子、『石狩少女』の野村悠紀子、『聖母の鏡』の能戸顕子は、北海道や札幌にたいするなにか共通した特別な思いを抱いているのである。その特別な思いにはたんなる一般的な「ふるさと」とはやや違う性質が混じっているようにも思われる。札幌や北海道への特別な抒情性が感じられる。

（3）植民地の喪失——抒情とロマンの終焉

上記の『葉山桃子』、『石狩少女』はほぼ同時期に、戦争が泥沼化する時期に発表されている。故郷である札幌への抒情主義やロマン主義の色彩が背景として強い。同時期に北海道に関する抒情的なロマンを描いた船山馨『北国物語』（一九四一年）においても内地から北海道（札幌）へのこうした憧憬が見られる。『北国物語』の冒頭の、「夏の暑い季節に北の国へむかって旅をする人びとは、なにか不思議な哀しい魅力にこころを濡らすのがつねである」という一文はあまりにも有名である。太平洋戦争間近の作品である。

周知のように、『北国物語』においては中島公園のカーニバルを頂点に、亡命白系ロシア人ナタアシャが叔父に殺され、主人公真岐良吉のロマンは終焉する。戦前的な北海道ロマンを代表する作品である。しかし、船山馨が戦後に書いた大作『石狩平野』は従前とは一変し、苦難に満ちた石狩平野の開拓と戦争に巻き込まれていく一家の悲惨な歴史をたどったものである。船山馨は戦後に、戦前とは正反対の札幌の姿を描いているのである。『石狩平野』は日本近代文学の典型ともいえる自然主義的な文体で、これまた典型的にみられる自己の精神性の潔白を偽装する体制批判的な大河小説である。重大な変化である。じつは原田康子『海霧』にもこうした性質がいさささかみられる。

ここで筆者が強調したいのは、エキゾチシズムが漂う北海道の姿は戦前のもので、戦後においてはそうした姿があまり見られないことである。異国情緒の終焉を感じる。戦後の北海道ロマンとは単なる地方主義の延長線上にある。その典型が渡辺淳一『阿寒に果つ』（一九七三年）『北都物語』（一九七四年）であろう。これらの抒情は地方性や地域性による抒情にすぎず、基本的には戦前の記憶の再生産であり、郷愁である。北海道をめぐる抒情がなぜ消えたのか。それは敗戦によって植民地としての北海道を喪失したからである。

北海道の歴史を詳しく述べることは割愛するが、北海道はその誕生の歴史、行政単位の編成、地理的位置と風土の側面から、戦前においては実質的には本土日本の植民地的な地域であったと言ってよい。つまり内部植民地、北海道統治における古い言葉を使えば「内部殖民」として形成されたのである。

やや誤解を招くかもしれないが、植民地とは、必ずしも一方的に搾取され、抑圧される場所ではない。また粗暴な人間たちがひしめき合う苦境に満ちた辺境ではない。植民地は美しいロマンと華やかな夢が宿る場所でもある。戦前の新京がそうであり、大連がそうであり、朝鮮の京城にも華やかなロマンのイメージがあった。

それに加え、旧植民地は、日本帝国と帝京（東京）とは差別化されるもう一つの仮想国家と仮想首都のようなものを秘かに内包する。植民地はいまだ生まれていないもう一つの国家の顔と形をしているのである。現実の近代国家（帝国）に対抗するもう一つの「夢の国家」が植民地なのである。この認識はきわめて重要である。ここに植民地のロマンと希望が宿る。

北海道の抒情とロマンはこうした植民地風のものである。大連の異国的な抒情、新京のモダニズム的な抒情、京城のロマンと同様に、異国情緒的なものである。エキゾチシズムに支えられたものである。要するに、日本内地とは違う、もう一つの国家のようなものが無意識のうちに想定されているのである。じつは植民地とは「国家の胎児」の姿をしているのである。「胎児」が生まれて成長すれば独自の国家と文学を形成する。流産すればそれらは消え失せる。となれば北海道は流産型であろうか。満州文学もそうである。満州ロマンは中国共産党の「人民文学」となっていく。こうした流産によってエキゾチシズムに支えられた古い抒情も消滅する。そうした側面で、敗戦は北海道文学の運命を決定したともいえる。北海道は戦後体制のなかで内地化が進み、以前の独自性を失い、日本国の周辺に位置づけられる。この重大な変化は当然ながら、北海道文学に影響する。北海道文学は朝鮮文学や台湾文学のように、のちに独立した文学として自立する道を失ったのである。

『挽歌』はこうした歴史的、文学史的な必要性から生まれたのではないだろうか。

▼注

▼1 江藤淳『成熟と喪失——母の崩壊』(講談社文芸文庫、一九九三年)

第Ⅰ章 原田文学の誕生と形成

釧路幣舞橋（木島務、著者所蔵）

第一節　原田康子の習作期

　作家の文学的な出発の起源をどこで区切るかは容易ではない。いわゆる文壇に認知されている受賞作を作家の出発とするにはやや無理がある。当たり前であるが、いきなり受賞する幸運なケースを除けば、大概の作家はそれ以前にもなんらかの文学行為を行っている。大学サークル、同人誌、自費出版、地方紙発表等々の経歴をもつことが多い。こうしたなか、なにを作家的な出発地点とするかは個々の作家によって違う。作品の完成度、作家自身の認識、作家の文学思想との関連性など、さまざまな要素がこれに関わると思われる。

　こうした一般論を抜きにすると、原田康子の文学的な出発になる作品は、同人誌『北方文芸』掲載の「冬の雨」（第二輯、一九四九年六月）であることが共通した見解だろう。しかし当然ながら、それ以前にも創作活動を行っている。原田康子は三つの同人誌に参加している。最初が終戦翌年から参加した『北東文化』で、その次が「冬の雨」が掲載された『北方文芸』であり、最後は鳥居省三が主宰した『北海文学』である。処女作「冬の雨」は『北方文芸』掲載の最初の作品なので、それ以前に活動した同人誌『北東文化』掲載の諸作はここでは便宜的にいわゆる習作期と呼ぶことにしたい。これを踏まえ、『北方文芸』掲載の三作を初期とし、『北海文学』以降を本格的なスタートとして述べたい。[1] これまた便宜的な分類である。

（1）習作期作品——紹介、概要

習作期に属する『北東文化』掲載の諸作は一概に短く、小説的な構成も弱く、完成度も低い。大野康子という筆名も使っている。このことから習作的と呼ぶ所以である。それに比べ、『北方文芸』の掲載作品においては飛躍的な成長がみられる。その間には三年ほどの空白期があり、大きな成長が見受けられ、原田康子文学の基本テーマと文体が備わっているといえる。主要観念の萌芽がみられる。それゆえ、以前の習作期『北東文化』発表の諸作はのちの作品集に収録されなかったのであろう。以下、『北東文化』掲載の諸作を紹介する。

春雪（三首、『北東文化』第一巻二号）

春や早や我が胸近く来たりしになどてか今宵雪の降りたる
懶きままに文読みてあれど雪止まず春寒々と夜は更けゆく
窓硝子に頬をよすれば湿りたる冷たさ覚ゆ春雪の宵

第一回北東文化短歌会（二首、『北東文化』第一巻九号）
泡立ちし盥に落ちし黄なる葉をふとみつめゐき日曜の朝
洗ひおへば指やむらしも見上げたる初冬の空の蒼く澄めるも

原田康子の文学的な出発は短歌であり、上記五首が確認できる。五つの短歌はとりわけ論評するほどのものではないと思われる。短歌会論評においても取り挙げられていない。そのなか、やや気になるのは「懶き」と「日曜」という単語である。この二語はのちの原田文学で頻出する単語である。

『北東文化』掲載の最初の散文である「卵のこと」は、戦後の食糧難でたまごを産めなくなった痩せた鶏をつぶして食べようとしたとき、突如鶏がたまごを産みだしたエピソードを、少女風の感傷で述べたものである。随筆に分類されるものであろう。まだ小説は書いていない。以下はやや小説風ともいえる散文三点について紹介する。

習作期と分類した以下の三編は単行本では読むことができず、また原田康子文学の祖型や原型になるのでやや詳しくその概要を紹介する。

①「春愁」――戦死、懶い日常

四百字一〇枚程度の小品。病弱な二十歳の小川桂子が終戦翌年の春を愁うる話である。生まれつき病弱な桂子は、気候の悪い北海道の霧の街で暮らしている。肺尖カタルを病んでいたが、東京での治療を拒んでいた。幼い頃は東京で過ごしたが、桂子にとって「懐かしい故郷ではなく、ましてや憧憬の都等と呼ぶべき性質のものではなかった」からである。二人の兄は戦場に赴き、桂子は釧網線の阿寒の連山が見える町に疎開し、悪化した病気で小学校は六年で中退する。終戦後は再び霧の街に戻り、絵を描きながら二十歳を迎えている。しかし戦後の日々は懶く、いまは悲しい春を迎えている。

全体的には終戦後の荒廃と病弱な主人公が春を迎えた物憂く侘しい心境を述べた小品である。小説的な構成というより随筆に近いものである。

②「花はかはらず」――戦死、喪の行為

四百字一二枚足らずの小品。木下牧子は久しぶりに湯の町に住んでいる姉を訪ねる。湯の町は牧子の実家で、牧子はそこに一三歳まで住んでいた。いまは姉が戦争未亡人となって息子の彰と住んでいる。再び湯の町に戻ると、あの夢のような日々が思い出される。

牧子一三歳のとき、肺炎の療養で孤独な日々を送っていたが、二歳上の早瀬徹が「小川未明童話集」などの本を貸してくれた。ちょうど桜の咲く季節、早瀬に好意を抱いた牧子は日曜日の或る日、二人で郊外のS館前に花見に行く。懶い体を早瀬の腕にもたれさせて眺めた桜の美しさに二人は陶酔していた。二人の交際は花のように純粋なものであったが、牧子は自身の早熟からくる異性への少女的な反発から早瀬を遠ざける。「夢の日のひとが夢の儘で、久遠に脳裏に生きて居る」ことを願う心理からでもあった。それで二人の関係は冷却する。

しかし戦後になり、「むしろ混沌として頽廃し疲労し切つて居る社会をひしひしと感ずれば遠い日の事を懐かしむ」心境になる。再び湯の町を訪ねて以前の場所を歩いていると、桜の花びらが散っていた。遠い日は過ぎ、早瀬は南の空で戦死し、彰の父も北の島で戦死している。それに牧子は「戦ひで逝つた人々を偲びつつ、人の世の余りに烈しい激変」に、いたずらに散る花を見て世の中の無常を覚え、涙する。

③「追憶」――戦死、離人症

四百字一六枚程度の小品。女主人公の亮子は敗戦翌年の盂蘭盆に新盆を迎える弟潤への過去の思いと追憶に浸る。潤は一歳年下の温厚で純朴な弟であった。幼いとき、亮子が退屈しのぎで、飛んでいる蜜蜂を片端から捉えてプスプスと針金を通し、それを首飾りのように丸くして弟に突き出したところ、弟潤は「蜜蜂が可哀想ぢやないか」と泣き出す。それほど心の優しい弟であったが、戦時期になって予科練習生を志願する。そうした弟の姿から亮子は戦争への漠然とした疑惑と陰翳を感じて病床に臥すが、弟の信念と決意に自己を奮い立たせ、女子学徒として軍需工場で挺身隊として働く。故郷の街が空襲にあうなか、亮子は毎日の労働に疲弊しながら必死になって頑張る。しかし日本は敗戦する。

敗戦後、弟潤は気力を失った抜け殻のような姿で復員するが、すぐに病臥し、亡くなる。亮子はその弟の新盆を迎えて海に近い夕暮れの墓地を訪れる。霧が流れる墓地で、亮子はかつて潤と一緒に父の墓参りをしたことを思い出し、憂愁の思いを強くする。墓地はいよいよ暗くなり、港の灯りが点滅するなか、亮子は「現実に生きねばならぬ自己と、かへらざる追憶の哀しさを繰りかへす自己の姿に、寥々とした孤独の泪をおぼえ」ながら、帰途を急ぐ。

（2）習作期作の傾向——祖型、原型

以上、『北東文化』掲載の三つの習作期作品を紹介したが、全体的には素朴な内容で文学少女が書いた小品という印象である。筋の展開における小説的構成は未熟で、文体においても散漫な文章が続き、小説よりエッセイに近いといえる。小説と呼ぶには大いに物足りない。のちの作品集に収録しなかったのも肯ける。しかし、習作期の作品にはいくつか、後の原田文学の特徴を反映する素材がみられる。以下に習作期作にみられる特徴を指摘しておく。

①戦争体験、戦死、喪失

習作期作の共通点としては、いずれの作品においても戦争と戦死が重要なモチーフになっていることである。「春愁」には二人の兄が戦争に動員されている。生死は明示されていないがおそらく戦死したのであろう。「花はかはらず」における木下牧子が思いをよせた早瀬徹は南の海で戦死し、姉の夫で彰の父も北の島で戦死している。牧子が桜花に泪するのは二人の戦死への思いからで、全体は一種の追悼文にもなっている。「追憶」においては弟が特攻隊に志願し、その心労で帰郷後まもなく死んでいる。一種の戦死といえる。死因ははっきりしないが、父も機関士として海で死んでいる。作品の最後は二人の死を悼み、哀しむことで終わる。これも要するに追悼文の性質を持っている。

つまり、原田康子の出発をなす一九四六年発表の三作は、追悼の性質が強いものである。死がもたらす喪失が憂愁を募らせている。死と喪失、喪失と追悼という一連の流れは、原田康子文学の展開においても根幹と言ってよい。戦争による死と喪失が、敗戦後を生きる人間に、追憶としておとずれ、追悼されていることである。

また喪失に関わるもので、記憶の問題がある。いずれの作品においても過去が「遠い日」の記憶として再生している。その記憶は現在のメランコリーに包まれた美しいものである。少女趣味的な感傷主義に彩られていることが多い。遠い過去に発生した、具体的にいうと戦争による死が現在の記憶として喚起されている。こうした過去に喪失した記憶に主人公は捉われる。その点、原田康子文学は「喪失の文学」の先駆けでもある。原田文学における喪失は、その個別的な具体性を省いて、象徴的にいうなら、「戦前」の喪失である。

こうしたメランコリーに満ちた過去の記憶に現在の生活や状態が対比される。原田康子文学において現在の日々は憂鬱であり、退屈であり、頽廃の色彩をおび、日常の「白いむなしさ」という無意味な反復にすぎない。そして過去とは具体的には「戦前」であり、それが戦後社会の現在とつねに対比をなす。そうした基本構造のような片鱗が習作期作品に見られていることにも注目しておきたい。

②希死観念、メランコリー

死と喪失と追悼に関連するもう一つの重要な感情は、習作期作品にみられる「憂い」、「愁い」、「懶い」、「憂鬱」、「倦怠」という言葉である。のちの原田康子文学には同じ言葉が膨大に使われるが、その起源のようなものが習作期にみられるのである。

原田文学はメランコリーの文学と呼んでいいほど自殺を試みる暗鬱で憂鬱な主人公たちが多く登場している。主人公たちは次々と死に誘引されていく。自殺への願望を持っている。精神医学でいう希死観念である。自死を考える憂鬱な登場人物が、喪失に堪えられず、死に場所として北の森や湖を目指す。おそらく原田康子作品の登場人物ほど自死への願望を抱いた人物が多い作品は少ないであろう。原田康子の文学を「自死の文学」、「希死の文学」と呼ぶことも可能であろう。

少なくとも「メランコリーの文学」と呼んでよいと思われる。

③病弱と残酷性、幼児性、成長の拒否

習作期作品では、主人公の女性がいずれも病弱である。「春愁」の桂子は「肺尖カタル」を病み、「花はかはらず」の牧子は「肺炎」を病んでいる。「追憶」の亮子は高熱を発するなど、肺病と思われる病気で臥しがちの身である。こうした病気が影響したのか、女主人公たちは鋭敏な神経の持ち主である。感情の起伏が激しく、それがしばしば残酷な行動として現れる。「花はかはらず」の牧子は本心の愛情を隠すために相手に冷たい態度を取って拒絶する。「追憶」の亮子は、蜜蜂を捉えてプスプスと針金を通して首飾りにして楽しんでいる。少女的な極端さと残酷性は原田康子の女主人公に多く見られる特徴である。病弱で鋭敏な神経の少女は、原田文学の大きな特徴である欠損や障害性とも密接な関連がある。『挽歌』の兵藤怜子がその典型であろう。

少女趣味や少女の残酷性にも関連するが、これらに見られる人物は実年齢では二十歳を超えた成人女性である。成人女性が少女的な感傷に浸り、さらに少女であった「遠い日」を回想する構造がみられるのである。「春愁」の女主人公は二十歳であり、「花はかはらず」や「追憶」の女主人公も年齢的には二十歳を超えている。二十歳を超えた成人女性があたかも少女のような感傷を述べ、職をもたず、芸術や文学や音楽に憧れ、ひたすら成長を拒否しているのである。そこには強い心理的な退行性がみられる。成長への拒否である。たとえば、小悪魔的で有名な『挽歌』の兵藤怜子は少女風の言葉を使い、劇団で小道具の絵を描いているが、実年齢は二三歳で、無職である。

このような退行性、成長への拒否、幼児性は大正期の少女文学の大きな特徴ともいえるが、これが原田康子文学に色濃くみられる。戦後社会に生まれた新たな少女ではないのである。世間一般の評価においては『挽歌』を含め、原田文学の一連の作品を少女小説とみなす傾向が濃厚にあるが、原田文学は戦後の少女小説とは明らかに異なる。そこには戦後社会への強い拒否が見られるからである。

ここで一つの見解として言えるのは、原田文学にみられるこうした退行性は、同時代からではなく、以前の時代から成熟していないことによって発生したのではないかということである。要するに、遅れているのである。大江健三郎『遅れてきた青年』（一九六二年）にみられる喪失感のように、どちらかと言えば大正期の少女小説の雰囲気が一時代遅れて出現した可能性である。これは北海道、なかんずく道東地域の風土性と強く関連しているようにも思われる。日本の周縁部である釧路に大正時代らしさがようやく届いたことの証しが『挽歌』現象のようにも解釈できる。この時間的落差が、あるいは思想的な落差が、原田文学をたんなる少女小説ではなく、全く違う性質の文学として変貌させたのではないだろうか。それが結果的に、北海道や釧路における喪失をもっとも鮮明に浮き彫りにする効果をもたらしたという認識である。

第二節　初期作品の特徴――原田文学の出発、『北方文芸』の三作

原田康子は、自己の処女作を『北方文芸』掲載の「冬の雨」であるとのちに告白し[2]、先行論においても「冬の雨」を処女作とする見解がある。[3]こうした見解は首肯できるもので、「冬の雨」に至り、原田康子はエッセイ風の構成から小説的構成が可能になったと言ってよい。しかし『北方文芸』掲載の三作はまだ荒けずりの観が否めない。『挽歌』の前後に書かれ、のちに短編集『サビタの記憶』に収録される「サビタの記憶」、「愛しの鸚鵡」、「晩鐘」、「夜の出帆」などに比べれば、作品の構成力は遥かに劣る観がある。短編集『サビタの記憶』に掲載されたこれらの作品はいずれも珠玉であるが、筆者はとくに「晩鐘」、「夜の出帆」が原田康子の短編小説ではもっとも秀でていると思っている。長編小説では『病める丘』が原田文学を代表する最高傑作であると思っている。いずれも釧路の崖上の高台にある明治風の屋敷と広い庭園を失い、戦前的な世界

の終焉を告げる一連の作品である。それについては後で述べる。

さて、『北方文芸』に掲載している三作は、それより三年ほど前に書かれた『北東文化』掲載の習作期作品を、量と質において遥かに凌駕する。ここに至り、原田康子は小説らしいものを書けるようになったと言える。テーマは多様化し、深化している。しかしながら、以前の弱い構成や感傷的なくどい文章を依然として引きずっている観がある。『北方文芸』掲載の三作を、のちの『北海文学』に発表し、そのまま短編集『サビタの記憶』に収録した諸作品と区別したのはこうした理由からである。『北方文芸』掲載の三作がいずれも短編集『サビタの記憶』の収録から外されたのもその理由からなのだろう。

「冬の雨」はのちに『遠い森』（作品社、一九八〇年）に収録され、「霧のなかの柩」は短編集未収録のままで、「アカシヤの咲く町で」は大幅修正されて「妖精の時刻」（『別冊文藝春秋』）として発表されたが、短編集には未収録のままである。この『北方文芸』収録の三作がたどった運命は『北海文学』収録作品とは大きく異なる。その点、完成に向かう過渡期の作品と呼んでよいかもしれない。以下に三作の概要を紹介しながらその特徴について少し述べておく。

（1）「冬の雨」――メランコリー、精神の病

以下に「冬の雨」の概要を紹介する。

女主人公の「私」（ゆき子）は、両親不在の一家を支える三姉妹の末子である。下に二人の弟がいる。姉は死んだ父が経営した水産物商会を継ぎ、二番目の姉は役所勤めである。下の弟は小学校と幼稚園に通っている。「私」は一家の家事一切を担っているが、金曜日だけは趣味のために絵画教室に通っている。絵画教室では「モジリアニ」と呼ばれている。「私」が繰り返し、「憂鬱をあれほど素直に表現した画家はモジリアニ以外はない」と礼賛するからである。「私」は生きていることに意味を発見していない。心はつねに「くもり」に覆われ、日々は憂鬱で、「生甲斐もない生活」のなか、「のぞみのない日々の流のなかを泳いでゆく」感覚である。そのなか、唯一の息抜きが金曜日に絵画教室で絵を描くことだが、ちょうどその日はあいにくの雨である。気分はいっそう憂鬱になる。親しい友人である青木君に心配されるが、「私」は自分の将来は「永久のスランプ」であると答える。帰りに、「私」は寒くて霧の多いこの街からの脱出を夢想しながら、雨と霙のなかで家路を急ぐ。

以上のように、「冬の雨」は特別な筋がなく、女主人公の一日の憂鬱な気持ちをスケッチ風に描写したものである。女主人公は感情の起伏が激しく、メランコリーに捉われている。希望もなく、反復する日々にたいする苦しさから逃れる唯一の道がモジリアニ風のメランコリーな絵を描くことになっている。それ以外に生きる意欲は感じないという。心配する姉には以下のように答える。

「生きていることが、ゆき子はたのしくないの？」
「うん」と、うなづいてしまつてから、私は息をのんだ。たのしくない、そうはつきりと、言葉にだしたことはないが、それは、おそろしいほど根強い潜在意識なのだと、そのとき私は思つて、心のなかを木枯らしが吹きぬけていつたような、つめたさを感じた。

ゆき子はおそらく精神の病にかかっていると言ってよいであろう。死への願望が色濃く、強い抑うつ状態にあるようにさえ思われる。こうした心の状態を、ゆき子自身も「それは多分私の心を根強く支配しているあのくすんだいろの憂愁が場所ちがいのところで、気まぐれに頭をもたげたからなのだろう」と自己診断している。

こうした憂鬱な気分、抑うつ状態は原田康子の習作期作品から表現され、初期作品においては顕著に現れている。それがやや衰えるものの、『挽歌』やそれ以降においても一貫する特徴である。こうした心の病の問題、抑うつ状態と世界没落感、それによる希死観念は原田康子文学にみえる主要な観念である。

原田康子文学にみられる憂鬱の問題については、『北海文学』の同人であり、もっとも身近な距離にいた鳥居省三によって早い段階で指摘されている。[4] しかしプライベートな側面への配慮が影響したのか、回りくどく曖昧な書き方で、理解するのは容易でない。配慮と距離の近さが本質を曖昧にしているようにも思われる。いずれにしろ、この憂鬱の問題、ひいては希死観念、精神の病の問題は原田康子を理解するための基本軸である。身近な例で言うと、村上春樹文学を「精神の病と癒し」で理解するのと同じ方法で原田康子を理解することが可能である。[5]

「冬の雨」が処女作たるゆえんは、主題や物語的な構成が安定していることに加え、それを担保する文体に支えられているからである。原田康子独自の精巧な文体と感覚がうまく融合し始めているような印象がある。たとえば「冬の雨」は次のように始まる。

朝、目を醒ますと、ああもう夜が明けてしまつたのかなあと、きまつて私はそう思う。そして私は、すつかり世帯じみた女のように、ちえつ、今日もいちにちいつぱい昨日とおなじことをしなけりやならないんだと、つぶやきながら、みだれた髪のなかに指をつつこんでひつかきまわす。くる朝もくる朝も、そのおなじ言葉、そのおなじ動作がくりかえされる。昨日もそうだつた。今日もそうだ。そして、たぶん明日も変りはないことだろう。

原田康子文学の特徴である日々の倦怠感、慢性化して夢のない現実、現実の反復性をよく現した冒頭である。こうした倦怠感と憂鬱の心情が小悪魔的な行動の原因にもなるであろう。ゆき子は朝の倦怠感を払うため、毎朝、「蚤と虱が恋をした――」という異様な替え歌を陽気に歌っている。これも憂鬱の反動であろう。躁鬱が交互に反復される傾向がある。

上記引用の「冬の雨」冒頭は、『挽歌』の冒頭、「なんの祭なのだろう……。家々の戸口に国旗が立っている」の寝起きの場面を想起させる。日常の倦怠感に捉われている女性主人公の朝の目覚めの場面である。『挽歌』の衝撃的な冒頭は「冬の雨」に由来しているのである。兵藤怜子の小悪魔的な行動は「冬の雨」のゆき子のもう一つの側面でもあろう。個性的な三姉妹という作品構成はのちの『輪唱』の構成と一致する。

こうしたことから、『挽歌』や『輪唱』は突然に出現したのではなく、こうした習作期の作品における蓄積のうえで成り立っているといえる。そうした意味でこの「冬の雨」は注目に値する処女作といえるであろう。

(2)「霧のなかの柩」――希死観念、死と日曜日

原田康子文学の憂鬱、あるいは倦怠感は次作「霧のなかの柩」にも強く、より具体的に現れている。作品は珍しく日記風に描かれている。概要を紹介する。

主人公マリは釧路らしき街の酒場ポニーで働く女給である。生まれて間もなく両親を亡くし、唯一の血縁である兄は戦死して天涯孤独である。ポニーでは二年ほど働いているが、マリには親

しい友達もおらず、寂しさとメランコリーな気分で日々を過ごしている。憂鬱になると電蓄で「ラ・クンパルシィ」をよくかける。店が暇なときには「マノン・レスコウ」を読む。

酒場ポニーでマリはフランス人と日本人の混血児であるジャンに出会う。粗暴で気性の粗いジャンにマリは魅力を感じるが、ジャンは娼婦のチカ子に夢中になっている。チカ子はジャンを敬遠して逃げまどう。そんな或る日、港の散歩中にマリはジャンにいきなりキスをされる。以降、マリはジャンへの思いを募らせるが、ジャンのチカ子への思いは変わらず、ついにナイフでチカ子を刺し殺す。ジャンが自首し、マリの一時の恋愛はあっけなく終わる。そして海霧の深い日、チカ子を乗せた柩が霧のなかを火葬場に馬車で曳かれていく。マリはその光景に一層憂鬱な思いに捉われ、「マノン・レスコウ」を読み、夜には電蓄でダミア「暗い日曜日」をかけながら切ない自己の人生を慰める。

以上の概要で分かるように、「霧のなかの柩」は自死、希死観念が一貫してみられる。地の果て、海霧の深い街、孤児性、売春婦、やくざな男、混血児という素材に、「マノン・レスコウ」や「暗い日曜日」などという自死を美化する文学作品や音楽が素材となっている。まさに「死の讃歌」と言ってよいだろう。

周知のように、「マノン・レスコウ」は愛し合う男女が逃亡のすえ、砂漠のなかで疲労と渇きにより女性が死んでいく結末になっている。愛の逃避行と死がテーマである。「暗い日曜日」は死への讃歌として伝説化している曲で、音楽を聴く行為が一種のタブー化されている楽曲である。作品の主人公マリの自死さえ予見されているのである。原田康子には『日曜日の白い雲』という長編小説があるが、日曜日は自死の隠喩で、その起源は早いのである。希死観念としての「日曜日」という図式である。

もうひとつ、混血児の問題がある。次の「アカシヤの咲く町で」においても混血児が登場する。これは北海道の表象にも関わる。血筋においての純潔主義や父系の重視は多くの場合、内地化、内地延長主義、同化主義に収斂する傾向がある。他方、血筋の否定、混血への憧憬、母性への回帰、アイヌへの共感などは北海道自立主義、独自文化性、独自のアイデンティティを重視する方向性がある。これとは別に父系性が大地性（北海道性）を象徴するケースもある。この父系性と母系性の問題は原田文学におけるもっとも重要なキーワードになる、園（庭園）、丘（高台）の隠喩とも密接に関係していく。

（3）「アカシヤの咲く町で」——疎開体験、混血への親和性

以下、概要を紹介する。

女学生である主人公の織田麻子は同級生らとともに裏阿寒の木材工場に勤労動員されていた。街はアカシヤの花と匂いで満たされていた。工場には中学三年である林史哉という美少年が動員

されていたが、麻子は林少年に好かれ、スズランの花をプレゼントされる。その行為に腹を立てた中学五年生の下條邦夫が林に酷い暴行を加える。その事実を工場技師である傷痍軍人の大淵恭介から聞いた麻子は暴行現場で血だらけの林を介護する。

暴行事件以降、二人はさらに仲良くなり、勤務交替の合間に短い逢引をかさねる。林は麻子に自己が中国人父と日本人母の混血児であると告白する。麻子はこれに同情を強め、混血児という言葉に異国情緒さえ感じる。そんななか、下條邦夫による二度目の暴行事件が起きる。病身の麻子は林を守るため、林を誘い勤労動員先の工場を脱出する。二人は森の中を歩いて広い沼に着いたが、麻子の発熱で逃避行を諦める。林の救護で工場に戻ったが、麻子は意識不明の状態になる。麻子が意識を取り戻したとき、林は再び工場を逃げ出して沼で自殺する。林の自殺はソ連参戦の三日後のことであった。

以上が「アカシヤの咲く町で」の大まかな筋である。作者の勤労動員の体験が下敷きになっている。作品はのちに「妖精の時刻」という題で大幅に改変される。登場人物の名前が変わり（織田麻子が私、林史哉が卓次、下條邦夫が江藤等々）、林の混血児という素性と自死の部分が削除され、勤労動員の場所も「北見」と具体化され、釧路空襲が強調されている。私小説的な要素が多く加味され、抒情的側面は抑止され、原田特有の磨き上げられた堅固な文体になっているが、以前の瑞々しさは損なわれている印象がある。

第三節　習作期、初期、風土性

以上、習作期と初期作品を紹介したが、その共通する特徴として、舞台背景はいずれも北海道釧路とその周辺である。いわゆる道東地域である。明確に地名が書かれていなくてもそれと分かるようになっている。地名に代わる補助的な要素として霧、湿原、海沿いの墓地、高台、橋等々によっておのずと釧路が想定される。『挽歌』もそうである。これはきわめて珍しい現象で、原田康子文学の大きな特徴である。具体的な地名に依拠しなくてもその場所の風土性が醸し出されているのである。これが北海道文学たるゆえんである。これを根源的に突き詰めれば人物がもつ性格に由来する。個性とは風土を生きる人間たちにみられる共通性のようなものであろう。

一般に風土性を表現する安直な方法は地名を使うことであるが、地名はそれほど重要なものではないかもしれない。風土性に基づいた人間を描くことが重要である。地名はあくまでも方便のようなもので、主眼は登場人物の性格描写における風土性にある。風土に基づいた個性のことである。これは原田康子文学を規定するときに重要な問題でもある。

たとえば、原田康子「いたずら」はめずらしくも東京の銀座界隈を舞台にしているが、登場人物の性格はどうも北海道の人のようである。とても銀座界隈で働くサラリーマンのようには思えないのである。東京の女子大生は釧路のスナックに出入りするような女性のように描かれている。風土と性格の不一致によって作品自体がチグハグな感じになっている。原田文学の本流から明らかに外れているのである。失敗の原因でもある。

原田康子文学を考えるとき、または北海道文学を規定するときにはこうした認識が重要である。そうした意味においても、戦前に描かれた膨大な北海道文学と称されるものは、真の意味での北海道文学にはならないと思っている。旧植民地文学の変形に過ぎない、プレ北海道文学であるとさえ思っている。これは敗戦後の北海道の根本的な位置づけの変化と深く関わっている。

本筋からややそれたが、原田康子の初期作品は、こうした北海道や釧路の風土性が土台になっている。こうした風土性は根源的には性格描写における文体で左右される。習作期作品は以降の原田康子の文体のように精巧に磨き上げられたような、人工的に構築されたような文体ではない。習作期における粗さは否めないのである。しかしながら、なぜか文体が風土性を反映していることを感じさせるところがある。くり返すが、風土性を決定するのは文体である。風土を生きる人物の個性を描く独自の文体が重要であり、その点、習作期作品は原田文学の原型、あるいは祖型ということができるかもしれない。

注

▼1　作品目録は、永田秀郎『『北海文学』の航跡――作家、原田康子『挽歌』のナビゲーション』（言海書房、二〇〇三年）、盛厚三『『挽歌』物語――作家原田康子とその時代』（釧路新書31、釧路市教育委員会、二〇一一年）を参照した。

▼2　原田康子『遠い森』（作品社、一九八〇年）収録の「屋根裏の机――あとがきにかえて」において、原田は「「冬の雨」は、私がはじめて書いた創作らしい創作である」と回想している。

▼3　盛厚三『「挽歌」物語――作家原田康子とその時代』（釧路新書31、釧路市教育委員会、二〇一一年）

▼4　鳥居省三「『挽歌』の周辺――原田康子における憂うつの処理について」（『北海文学』一〇号、一九六四年）、のちに『評論集・異端の系譜』（北海道新聞社、一九八三年）に再録。

▼5　拙著『村上春樹　精神の病と癒し』（春風社、二〇一九年）を参照されたい。

第Ⅱ章
喪失の時代

北の灯台（高橋哲夫、著者所蔵）

第一節　『北海文学』の諸作

原田康子『挽歌』は釧路の同人誌『北海文学』にガリ版刷りとして連作された作品であることから、世間を驚かせた。これがきっかけで地方同人誌は一気に脚光を浴びて戦後文学の裾野が広がったのも事実である。そうした意味で、鳥居省三が主宰した『北海文学』の同人になったのは原田康子にとって幸運であったと言ってよい。鳥居省三による特別な配慮と期待があったことは否めない。

本論からやや外れるが、地方同人誌ではしばしば、狭い世界の濃い人間関係のなか、嫉妬心と優越意識による屈折した心情の吐露がよくみられる。松本清張『表象詩人』はそうした実態をよく伝えているが、多くの同人誌はこうした人間関係のこじれから廃刊と創刊をくり返しながら離合集散する。こうしたなか、『北海文学』が、同人誌として類例がないほど長く続く『挽歌』の連載を、しかもガリ版刷りで継続できたのは、ひとえに鳥居の献身的な努力と人間的な抱擁力によるところが大きいと思われる。のちに紹介するが、『廃園』をめぐっては同人による激しい非難もあった。鳥居省三は同人による掲載誌を通した激しい非難をものともせず、ほぼ間隔を空けず、『挽歌』一〇回分の連載ガリ版を切っている。それは特記すべき事項である。

さて、原田康子は『挽歌』連載以前、先に指摘した「遠い森」、「夜の喜劇」、「暗い潮」、「週末の二人」の四編の短編小説と、長編小説『廃園』、随筆「創作ノオトから」を『北海文学』に発表している。それらを以下に紹介する。

（1）「遠い森」――森と記憶、記憶と谷地眼

同人誌『北海文学』に初めて発表された「遠い森」は、女主人公「私」の古い記憶を綴ったものである。「遠い森」の冒頭は、「私が、はじめて谷村竜吉をみたのは、つめたい北風が吹いていた早春の、あるゆうぐれであった。もう十年以上も、むかしである」と始まる。

谷村は「私」が小学校六年のとき、神戸から転校して来て、「私」の家の裏のアパートを借りて暮らしていた。谷村は聡明であったが、母がバーの女給であることを気にして表情は暗かった。父は戦地に赴き不在だった。「私」は谷村に好意を抱き、二人は仲良くしていたが、周りの女友達の目を気にした「私」は突如距離を取り始める。そして故意に谷村を「女給さんの子」と侮辱

し、二人の関係は破綻する。

　そんなある日、小学六年生一同が郊外の森に遊びに行くが、集団とはぐれて森に入った「私」は小さな「沼」に落ちてしまう。もがけばもがくほど抜け出せない。危機一髪のとき、谷村が突如現れて「私」を沼から引きずり出し、一命を取りとめる。この事件の疲労で「私」は後学期を病床で過ごし、進学を望む女学校の受験もできなくなる。いよいよ春になり、自宅の前で中学校の入試に二番で合格した谷村とばったり出会うが、「私」は家の中に逃げて隠れる。

　以上が概要であるが、本文中の「沼」とは谷地眼であろう。森とは「記憶」の象徴にもなるのだろうか。原田文学に森がよく登場し、森は原田文学の代名詞のようにもなっているが、森は記憶を呼ぶ装置にもなる。過去の記憶が現在によみがえり、現在が記憶に引きずられていくのである。「遠い森」はそうした作品の一つの典型であり、その同じ線上の作品が「アカシヤの咲く町で」、「サビタの記憶」である。さらにこれは晩年の『聖母の鏡』にまで続く原田文学の一つの重要な構成要素でもある。

（2）「夜の喜劇」、「週末の二人」――「絵のない絵本」、私小説、離人症

「夜の喜劇」、「週末の二人」は原田文学の創作方法の上でやや異質の作品である。若い恋人や夫婦のすれ違いで起きる悲喜劇を短い面白話に仕立てあげている。原田文学の特徴である陰鬱で病

弱な女性主人公による繊細で鋭敏な感覚は見られない。したがって他の作品とは違い、現実にたいする抵抗もそれほど感じられないのである。テーマも、原田作品の主流からやや外れているが、素材においては共通性が見られ、原田文学の主要テーマを引き立たせる側面がある。概要はこうである。

「夜の喜劇」は、若い恋人同士が約束の時間を間違えたことで起こるハプニングを描く。大学生の男性と喫茶店勤務の女性が高台の屋敷の前で逢引の約束をするが、約束時間より早く到着した女性が大学のフランス語教員にバーの密室に誘われる。一方で遅く到着した大学生は屋敷の女主人に誘われて一夜を共にする。この挿話と並行し、屋敷の女主人はじつはフランス語教員の囲いの愛人で、ちょうど若い恋人たちの約束の時間帯は二人の密会の約束の時間でもあった。未亡人に金銭を渡すために訪れるはずだったフランス語教員は、授業中に怠惰な態度をとった例の大学生に苛立ち、それに経営する会社の不振も重なり、愛情の冷めた愛人に金銭を渡す予定を急に変更し、ちょうど門前で大学生を待っていた女性を誘惑したのである。結果的に二組のカップルは相手を交換したことになる。二組の恋はすれ違いが原因で破綻していくが、その光景を春の月が眺めていたという話である。

「週末の二人」は、結婚二年目の若い夫婦のすれ違いを描いた作品である。夫と妻によるそれぞれの視点で交互に物語が展開するいわゆる二元描写で、原田文学には珍しい手法である。結婚二年目の妻三枝子の誕生日である土曜日、三枝子はプレゼントを期待しながら夫三千夫を待っていたが、三千夫は同僚に誘われて遅く帰宅する。しかもプレゼントをバーに置き忘れる。翌日の日曜日に、三千夫は急いで忘れ物のプレゼントを取りにバーに向かうが、バーでは雰囲気にのまれて女給と親しくなる。一方で妻の三枝子は夫の行動に苛立ち、街の喫茶店に入って中年男性と親しくなる。すれ違いにより夫婦の関係は危機を迎えるが、その一部始終を空の月が眺めているという話である。

見てきたように、この二作は滑稽味をもつ短編であるが、作者が主人公に感情移入せず、あくまでも空の「月」の視点で描かれている。すべての光景を月が観察している設定で、作者はそれに一切関与しない態度である。作品には頻繁に月の存在が明示される。

こうした設定と手法は原田文学に珍しいものであるが、それは当時もっとも熱中して読んでいたアンデルセン『絵のない絵本』の影響であろう。アンデルセン『絵のない絵本』は語り手の「絵かき」が新しい『千夜一夜物語』を絵画的に表現しようと意図したもので、第一夜から第三十三夜までの三十三の短い話を月の視点からスケッチ風に描いたものである。一話の長さは原稿用紙で二、三枚になる。原田はこの形式を借りて自己の物語風に仕立てたと思われる。上記二作発表の間に原田康子は『北海文学』に「創作ノオトから」という一文を書いている。そこには以下のような記述がある。

……とりわけアンデルセン「繪なき絵本」は何度となく読み返した。そのたびに小説でも、これほどの魅力あるものは少ないだろうと思うのだ。
　これを読んだせいばかりでもないが、北国の街の夜、アパートの小さい窓で月と語り合っている男の姿を、無性に描いてみたくなるのだ。

　引用文が示すように、「夜の喜劇」、「週末の二人」はこうした心境から生まれた作品であろう。ほかにも「創作ノオトから」には、この時期の原田康子を知る重要な記述がある。結婚したばかりの原田であったが、その心境を、「きらめくような明日もなく、身悶える苦痛もない。同じような日々の連続。だが、なにかを信じて生きねばならない。胸の中の枯葉は、秋の虚無の音であろうか」とも述べている。『挽歌』刊行前後における作家の心理状態であろう。
　もうひとつ、注目したいことは小説の方法論に関わる問題である。私小説への態度である。原田康子は「創作ノオトから」を次のような文章で締めくくっている。

――しかし、本当にしかし、私は私小説を書きたくない。私が毎日感じ、体験することはすっかり消化して、別の形で個々の作品に反射させるほかないであろう。

近現代の日本の多くの作家は、「私小説」を否定する傾向がある。私小説が次元の低い文学であるかのような偏見がある。筆者は、この現象を日本の作家に共通する作家的ポーズであると思っている。原田康子と同時期に活躍した三島由紀夫も多くの私小説を書いており、また同時期の石原慎太郎の小説も多くが私小説的で、それは近年の村上春樹の作品においても膨大に観察される。しかしそれぞれの作家たちは私小説を否定している。しかし実際には膨大な数の私小説風の作品を残している。原田自身も晩年には私小説の作品を多数書いており、すでにこの時点においても私小説と分類される習作期作品を残している。しかし重要なのはこうした宣言であろう。いちおう「私小説を書きたくない」という宣言が、その実態とは関係なく、作家的な覚悟の表明になるのである。実態ではなく、この表明が重要である。

さらに、上述二作では複雑な恋愛関係の絡み合いがみられることが特徴として挙げられる。恋人同士が交換されたり、夫婦によるダブル不倫が行われたり、あるいは近親相姦的な複雑な関係がみられたりする。原田文学にしばしば見られる非現実的ともいえる複雑な恋愛関係の絡み合いである。こうした変態的な恋愛と不倫は原田文学によく登場する構成要素であるが、不思議なことに、そうした構成要素に末梢神経を刺激するポルノグラフィティ的な要素が微塵も感じられない。性愛の現実味が消去されているようにも思われる。少女小説にみられるような純粋さなどはほとんど存在しない。そうした意味でも原田文学はたんなる少女小説でないのである。複雑に絡み合う恋愛関係に性的な喜びや興奮が伴わないのである。精巧な文体がそれを妨げている。いうならば、ポルノグラフィティ的な内容にポルノグラフィティに反する文体を意図的に使用している。それは本来の目的がポルノグラフィティではないからであろう。したがって、原田文学の錯綜する不倫や複雑に絡み合う恋愛関係は別の精神的な側面で発生した病の隠喩、あるいは病の象徴をなしているように思われる。世界没落感が村上春樹文学ではポルノグラフィティや凄惨な暴力として発露することを筆者は指摘しているが、同じ現象は原田文学の絡み合う不倫にも発生しているような印象を受ける。

　錯綜する恋愛や不倫関係に隠喩や象徴の可能性があることと関連するが、たとえば、「週末の二人」では「日曜日」ということがことさら強調されている。「霧のなかの柩」でも指摘しているように、原田康子の日曜日はダミア「暗い日曜日」の反映であり、死や自殺の象徴や隠喩の可能性が高い。村上春樹文学がそうであるように、主人公のある特徴的な行為は別のなにかの反映であり、隠喩と象徴にもなる。[1]この発想からすれば、原田文学の根幹と言うべき、希死観念、離人症、世界没落感はなにの隠喩で、なにを象徴しているのかが重要であろう。それが個人的なものなのか、集団的なものなのか、あるいは時代と地域に関連するものか、その原因を追究することは重要であろう。

繰り返すが、筆者はこれを、戦後体制における戦前の植民地的な北海道と釧路の終焉、つまり戦前の喪失であると推測している。その喪失による混乱状況の反映であると思っている。ほぼ現実味のない、ほとんど離人症に近い複雑乱脈な不倫関係の設定は大きな喪失に対する原田文学の隠された深層心理の表出ではないだろうか。

（3）「暗い潮」――「海を射つとき」、抑制と錯乱

北海道出身の小説家八木義徳は、「この作品は疑いもなく原田康子の代表作の一つ」であると激賞したのが「海を射つとき」である。[2] しかし「海を射つとき」の初出は『北海文学』六号(1954)で、初出題名は「暗い潮」である。のちに『別冊文藝春秋』（一九五七年一〇月号）で「海を射つとき」と改作改題され、新潮文庫版『サビタの記憶』(1974)に収録されている。初出と改作改題後とのあいだには内容に多少の変更がみられるが、ここでは初出の概要を紹介する。

北海道釧路に近い寂れた漁村の秋の祭日、比留間暁子と曽賀不二夫は結婚を明日に控えていた。二人は寒村を二分する網元の後継者である。二年前に婚約したが、結婚式が延期されてようやくそれが前日に迫った。それには比留間家の末亡人市と娘暁子の強い確執が影響している。確執の始まりは戦争である。

比留間暁子が慕う父の比留間駿司に召集令状が届き、妻市が召集先の旭川まで見送りに行くが、

帰りに若い左翼青年である羽生英三を家に連れてくる。市は羽生を暁子の家庭教師にしていたが、実質は母市の愛人であった。一方で羽生は暁子にも思いを寄せ、暁子も羽生への思いから母市に猛烈な嫉妬心をいだく。終戦後、帰還した父はまもなく病死し、学徒出陣から帰還した羽生が比留間家に出入りする。母と羽生との間に弟の比留間進が生まれる。暁子の心はこれに凍りつき、猟銃を担いで山海を徘徊する。ちょうどその年には寒波で入江が真っ白に凍りつく異常な現象が起こっている。入江が白く凍った三年前から暁子は母への反発と羽生への愛憎から二人の殺害を決心する。事態に驚いた市は娘暁子と曽賀不二夫を婚約させるが、結婚は延期される。その最中、暁子と親しくしていた津崎作之介が謎の死を遂げ、婚約者曽賀との関係は冷え切っていた。暁子は二人への殺意を募らせながら猟銃をもって狩りをする日々を送る。曽賀不二夫はそうした暁子を辛抱強く待ち、ようやく結婚式前日を迎える。

しかし結婚式前夜、暁子は猟銃を持ち出し、縁日の見世物小屋の偽物の人魚に照準を合わせる。縁日の夜は大騒ぎになり、曽賀は暁子を夜の海辺に連れ出すが、暁子の興奮は収まらない。なにものかに向けて猟銃を射ちたいと暴れまわる。曽賀は暁子の気持ちに共感して許す。そして比留間暁子は暗い海に向けて猟銃の引き金を引く。

以上が概要であるが、筋は分岐し、内容は複雑に絡み合っている。短編小説というより長編小説を思わせるような小説的時空である。遠大な長編小説が短編小説に凝縮されている印象である。

八木義徳が「代表作の一つ」と称賛したのは肯ける。原田文学の特徴的な要素がさまざまに盛り込まれているからである。以前の習作期の特徴がより明確に作品の構造として具体化されていると言える。

そのなか、「暗い潮」は以前の作品より主題と素材において大きな深化がみられる。小説的な構成と文体が安定している。原田文学の主要な特徴の多くを備えているので、以下に具体的に述べておく。

①近親相姦、血の混濁、隠喩と表象

暁子の思いは父へ傾斜し、母へ反発する傾向が強い。母親の愛人羽生に強い思いを寄せ、母への復讐心から羽生の子を産みたがっている。血縁の混濁、いわば血縁の崩壊であるが、暁子はそうした方向を渇望しているのである。▼3

他方、母市は「不気味な硬いつめたさ」をもつ女性である。夫駿司との夫婦関係は冷え切っており、娘の暁子への愛情は微塵もない。放任主義で育てている。暁子は父親から北海道の自然や暮らしや猟銃の扱いなどを教わる。母との断絶、父への傾斜が強く見られる。いわゆるエレクトラコンプレックスである。こうした傾向は『挽歌』をはじめ、原田文学に多く見られる傾向である。ここでは父性に北海道性があり、母性に内地性がみられているのである。

母の冷酷な性格、父の大らかな性格、暁子の攻撃性と一筋で頑固な性格、優柔不断で社会主義かぶれの羽生の性格、温厚で忍耐強い曽賀不二夫等々はそれが個性だけではなく、北海道における内地性と外地性の複雑な隠喩や象徴にもなり得る。血筋の混濁と崩壊に北海性を読み取ることも可能かもしれない。

②精神の病、若年性痴呆症

暁子は母市と羽生の不倫をきっかけに性格が一変する。以前の明るさが無くなり、氷のように冷たい、無表情の人間になる。ちょうど三年前に、村を囲む入江が真っ白く凍る異常現象が起きている。暁子一五歳のときである。作中では入江が白く凍った現象がしつこく強調されているが、これは暁子に起こった精神の病の隠喩である可能性がある。若年性痴呆（いわゆる統合失調症の別名）のことである。母市の異様なほどの冷酷さによって母娘の関係性に歪みが発生したことは容易に想像できる。いわゆる「分裂病をつくる母親」ということになるかもしれない。[4] 母市が心を許す相手は横浜出身の左翼青年である羽生に限ることから、母の出自も内地である可能性が高く、そうなると、家庭内における内地と北海道の対立構造のようなものが想定される。武田泰淳「サイロのほとりにて」における破綻構造である。

③「暗い潮」と「海を射つとき」の相違、左翼青年

八木義徳は「海を射つとき」を高く評価しているが、他方では「幾つかの難点」について厳しく指摘している。しかしこれは改題改編された「海を射つとき」には該当するが、「暗い潮」に

は該当しない。改編改題のとき、大筋は変わらないものの、さまざまな修正が加えられたからである。たとえば、人名は曽賀不二夫が曽賀不二男、暁子の父比留間駿司は比留間俊司に直され、辻褄の合わない年代と年齢は修正され、説明の足りない箇所を補っている。結末における二人の関係性の暗示もやや修正されている。八木義徳が指摘した「難点」はこうした箇所に該当し、初出の「暗い潮」には該当しないのである。改題改編の前の「暗い潮」が時代経過と年齢設定に不一致が見られるものの、初出「暗い潮」が改題改編の「海を射つとき」より佳作のように思われる。

第二節　短編集『サビタの記憶』――『挽歌』の協和音

『挽歌』の連載が『北海文学』で始まったのは一九五五年六月である。いわゆる五五年体制が定着した年である。『挽歌』はこうした時代性を反映しているところも大いにある。一〇回の連載を完了したのは一年後の一九五六年七月である。ちょうど同年七月に「もはや戦後ではない」という経済白書が発表されている。戦前的な体制の終焉と高度経済成長を迎える時期であった。

『挽歌』は掲載時の好評によって映画化が決まり、一九五六年一二月には東都書房から単行本で刊行される。その後、『挽歌』の一大ブームが始まる。しかし、ここで注目したいのは、『挽歌』連載前後にかけて原田康子の主要作品が一斉に発表されていることである。一般によく知られている「サビタの記憶」は『挽歌』連載前に同人雑誌推薦小説特集作として『新潮』（一九五四年十二月号）に発表されたものである。「雪の巣」、「愛しの鸚鵡」は『挽歌』連載中に書かれたものである。『挽歌』の出版とほぼ同時期に「晩鐘」、五カ月後に「夜の出帆」、「薔薇の匂い」、「馴鹿と死と」等々の作品が矢継ぎ早に発表されている。とくに短編小説においてはこの短い期間に原田の代表的な短編作品が集中している。

このことから、『挽歌』はそれだけが独立しているのではなく、主要短編と密接に関連しながら、ほぼ一体化したかたちで発表されたことが分かる。この時期を便宜的に「挽歌の時代」と呼ぶことにしたい。音楽でいうと、主旋律を支える多くの協和音のように、一群の短編小説が一斉に発表されているのである。したがって、これらの作品群を「挽歌の時代」という大きな括りから切り離して理解するのは難しいのである。それらのうち、短編小説をまとめた単行本が『挽歌』刊行から一年半後に刊行された『サビタの記憶』（一九五七年五月）である。『サビタの記憶』収録作品は、「夜の喜劇」、「サビタの記憶」、「週末の二人」、「雪の巣」、「愛しの鸚鵡」、「晩鐘」、「薔薇の匂い」、「夜の出帆」である。いずれも珠玉作である。以下に、重複を避けながら、作品集収録作を中心に考察する。

（1）「サビタの記憶」——過去記憶、戦争と喪失

原田康子の文学的イメージは「サビタの記憶」によるところが多い。文学と芸術が好きな病弱な少女、落葉松と白樺の森を散策する男女のロマン、軍国主義への批判、美しく悲しい過去の記

憶、成長する乙女の心理等々である。

「サビタの記憶」は『挽歌』連載前の、ちょうど『北海文学』での『廃園』連載最終回に当たるそれまで主に同人誌を発表の場としていた原田康子が全国的な文芸誌にデビューした最初の作品である。「サビタの記憶」は発表が長編小説『廃園』と『挽歌』の中間であることから、二つの長編小説を理解する重要な端緒にもなる作品である。一般によく知られている作品だが、以下に概要を紹介する。

女学生になったばかりの「私」は病弱で、保養のために一夏を北海道道東のK温泉で過ごすことになった。好きな本を読み、絵を描きながら休養していたが、「私」の左隣りの部屋には謎に包まれた比田さんが滞在していた。「私」の好奇心も手伝い、二人は仲良くなり、共同風呂に一緒に入ったり、近隣の森を散策したりしていた。散策のとき、比田さんが薄黄色のサビタの花を折ってくれる。そのサビタの花で二人は押し花を作ることになるが、その場に突如、比田さんの恋人と思われる女性が不意に現れる。それに「私」は衝撃を受けて寝込んでしまう。三日後に起き上がった「私」を、比田さんはクッチャロ湖へ散歩に誘う。散歩から宿に戻ったら、玄関に刑事と思われる二人の男が待っていた。刑事は「ヒロセ」という名を確認し、その場で比田さんに手錠をかけて車で連れ去る。「私」は初めて、比田さんの本名は「ヒロセ」で、彼が「シソウハン」であることを知る。その後、学校に戻った「私」は一変する。物語や童話に興味を持たなくなった。持ち帰った押し花を見るたびに比田さんへの思いがよみがえる。ちょうどその年の一二月、イギリスとアメリカとの戦争が始まった。

以上、概略を紹介したが、文体には、一切の無駄がなく、少女から女性へと成長する主人公の心理描写は秀逸であり、戦争へ突き進む時代背景を見事に活写している。発表当時から「サビタの記憶」にたいする評価は高く、八木義徳は女主人公の「病弱者特有の繊細な神経と鋭い感覚」を指摘しながら、「この短編小説の女主人公は、以後の彼女の多くの作品に主役として登場する女性たちのほとんど〈原型〉である」と評価している。こうした評価はある程度肯ける。しかしそうした〈原型〉は「サビタの記憶」以前の多くの女主人公たちに見られていることも事実である。

ここで付け加えて指摘しておきたいのは以下の三つの点である。

一つは記憶のことである。北海道で起こった過去の記憶が述べられていて、物語を語る現在が不在なのである。その点、「サビタの記憶」は過去記憶、要するに、今は薄黄色に「錆びた記憶」の話にもなる。これは原田文学の多くに共通している。

二つは喪失のことである。戦争によって美しいなにものかが失われ、それがいまは存在しない。これまた原田文学の重要な特徴である。

三つは戦争が記憶と喪失をもたらしたという認識である。戦争によって記憶の大きな断絶が発生している。戦争とそれに続く敗戦が北海道で起きた喪失と密接に関係しているのである。サビ夕に関わる「薄黄色い」過去の記憶は、喪失した旧時代と固く結びついているのである。それは頑として「現在」を受け入れない姿勢にもなる。これまた原田文学の大きな特徴である。

（2）「晩鐘」、「愛しき鸚鵡」――戦後の心象風景、屋敷の荒廃、障害と欠損

「晩鐘」は『挽歌』刊行の翌月である一九五七年一月に発表された作品である。雑誌発表の日程からすると『挽歌』刊行以前にすでに完成したことになる。

『挽歌』は短編集『サビタの記憶』によって作品世界が裏付けられ、原田文学の価値を決定的に高めた。『挽歌』が優れた小説である証明が『サビタの記憶』によりなされたのである。そして『サビタの記憶』を代表する短編小説が「晩鐘」である。「夜の出帆」がそれに続く。

「晩鐘」は長編小説『病める丘』を短編小説として凝縮した内容である。短編集の題名としての『サビタの記憶』における「記憶」とは、おそらく「晩鐘」の世界観であろう。以下に概要を紹介する。

釧路の高台にある中世の館のような家で父と二人暮らしをしている「わたし」（九鬼典子）は留守がちである父から夕食に誘われる。父の九鬼は建築土木会社を経営し、「わたし」は女学校を卒業したあと職には就かず、地方放送局の合唱団に参加していた。夕食のとき、「わたし」は父から、地方裁判所から「差押さえ催促状」の速達が届いており、翌日には執行吏によって土地、

家屋、家具の一切が差し押さえられると告げられる。曽祖父の代から続いてきた父の建築土木会社が経営不振で倒産することになったのである。父は四十九歳、「わたし」は二十二歳で、終戦の年に母を亡くしている。「わたし」は母が生きていた戦争前の館の記憶に浸る。

屋敷は昔、東京出身の温厚な有閑マダムである母の友人や明治の開拓精神をもった祖父の友人、親戚などが集まり賑やかであった。とくに記憶に残るのは小松周一と和島淳であった。小松は「わたし」のピアノ教師であったが、実際は母の愛人であった。和島は父の同業者の娘で若い時から家に出入りしていたが、父の愛人でもあった。小松は神経質な性格で、母との関係がうまくいかないと「わたし」のピアノ指導で感情を当たり散らす。脚の不自由な小松は「わたし」に太い杖を振り回したこともあった。それを隠れて覗いている和島が助けてくれる。他方で和島は父との関係がこじれてしばしば泣き崩れた。父に打擲されるのを目撃したこともある。屋敷は異様な雰囲気に包まれていた。

しかし、戦後になって九鬼家は一変する。戦後まもなく母が死に、小松が去り、和島が去り、女中が去り、そして明治の開拓期を生きた老人たちも戦争中にほとんどが死んでいく。戦後に屋敷は廃墟と化す。「植民地をなくした政府や大資本」が北海道の開発に乗り出し、激しい競争のなか、父の建築土木会社は無理な受注を重ね、経営的に追い詰められて倒産する。父は誠実な技術屋に過ぎず、以前の曽祖父や祖父にみられる逞しい開拓精神などを受け継いでいなかったのである。戦後社会の激しい展開に父は追い詰められ、年を取り、過去の繫栄を懐かしみながら、自己の時代の「終点」に向かっていた。

二人の親子は夕食を終え、最後の夜を過ごすため、明日は執行吏に差し押えられる「中世の館」のように美しい夜の黒々した屋敷に向かう。屋敷での最後の日を迎えるためである。

以上の概要を踏まえながら、「晩鐘」の特徴を取り挙げる。以下に箇条書きにする。

①屋敷の終焉、庭の荒廃、敗戦

「晩鐘」は九鬼一家の崩壊過程を屋敷の変化に合わせて描いたものである。九鬼家の屋敷は街や港が一望できる場所である高台の縁に建つ、広々とした木造平屋である。広大な庭園は庭木で茂っており、多くの部屋をもつ、あたかも「中世の館」のような屋敷であった。北海道に渡って来た曽祖父や祖父の代に建てた明治風の建物で、往時は人々で賑わっていたが、戦後になって著しく荒廃していく。人々は屋敷を去り、建物の壁には亀裂が入り、庭には朽葉が積り、家具は埃と塵にまみれてカビの匂いがする。往時の繫栄を失った屋敷は荒廃し、明日には裁判所の執行吏によって家具一切が差し押さえられることになる。高台の屋敷とともに九鬼一家も一時代の終焉を迎える。

原田文学は庭園に敏感である。家、庭、草木、屋敷の位置が登場人物の境遇を表わしているのである。全体的には庭園の荒廃が強調して描かれる。「晩鐘」は釧路の高台に建つ明治風の屋敷がいかに崩壊し、終焉していくのか、その過程を描いている。これは長編『廃園』にも見られ、『病める丘』がその代表格である。庭園の荒廃が人々に反映され、人々の荒廃が庭園に反映されるという認識であろう。庭園と人間が相関関係になっている。創作漢語でいうと、園人相関とも言えようか。

屋敷や庭園の荒廃をもたらす最大の要因は敗戦である。戦後になって古い屋敷や庭園は荒廃し、そこの住人の暮らしも崩壊していく。戦後社会の経済変動に取り残され、あるいはそれに順応できず、一家の崩壊とともに庭園は荒廃していくのである。「晩鐘」の九鬼一家の没落は終戦後における内地資本の導入による。敗戦と戦後は北海道に大きな変動をもたらし、旧時代が崩壊していく。母が終戦の年に死に、出入りの多くの人たちが敗戦後に屋敷を去っていくのもその象徴であろう。その点、原田文学における屋敷と庭園は旧北海道の象徴にもなっている。

②過去への郷愁、退行

失われた過去への郷愁も原田文学の特徴であるが、「晩鐘」はそうした郷愁が最も強い作品の一つである。無邪気に生きる「わたし」は鏡を前にして、「母や母の周囲の人たちが、鏡の奥から笑いかけている」ような錯覚に捉われる。また小松と母、和島と父との秘かな光景がふいに目前に現れ、「つい先っきまでのわたしの現実は、外国の物語でしかなくなり、逆にわたしの過去が、いまもつづいている確かな現実に変わる」という心理現象に捉われる。

父も過去の栄華に縛られ、乾杯のときに「わたしたちのきのうのために……」と音頭をとる。過去の華やかな記憶が現在を支配し、明日という未来は容易に想像されないのである。

③障害と欠損

原田文学には身体障害者が多く登場する。身体の欠損状態である。早い例としては「アカシヤの咲く町で」（のち「妖精の時刻」に改作）に見られるような、戦争における傷痍者である。『挽歌』の兵藤怜子は左手に麻痺がある。「晩鐘」では脚の不自由な小松が、「愛しの鸚鵡」でも足の不自由な少女が登場する。ほかに「夜の出帆」の服飾デザイナー小沢邦子、「輪唱」の江口二郎はともに「軽度の斜視」である。

こうした障害者の多くは強い個性を持っているという特徴がある。その一つが攻撃性である。もう一つが幼児性である。『挽歌』で桂木夫人を死に追い込む兵藤怜子の無邪気な攻撃性、「愛しき鸚鵡」でオウムを絞め殺す千枝の残虐性に、コンプレックスと精神の幼児性を読み取ることも可能であろう。

杖を振り回す「晩鐘」の小松の攻撃性、母に対する異様な執拗さは小松の障害と結びつけられて描写されている。障害者をこれほど多く登場させた作家は少ない。原田文学の大きな特徴であるが、障害は、ある種の欠損状態、なにかの喪失状態であることの隠喩でもある。欠損はたんに身体的な障害者に限るのではなく、精神的なもの、ひいては不在や喪失と結びつくのである。

要するに、敗戦による戦後はある意味での喪失状態であり、障害の状態ともいえるかもしれない。母の死も喪失を伴う欠損や障害となるのである。それを突き詰めれば、北海道や釧路の戦後における状態は一種の障害的な欠損状態ともいえるであろう。内地と北海道がそれぞれ正常と障害として対比されている構造が見え隠れしているのである。

(3)「夜の出帆」――ウェディングベルの象徴性、北海道の挽歌

「夜の出帆」は上述の「晩鐘」に類似したテーマで、それを別のかたちで形象化した作品といえる。主人公牟田口克介と養女朝子の結婚式に鳴るはずのウェディングベルが重要な象徴性を持っている。親子二組の、対比される結婚はそれがたんなる家族の葛藤ではなく、父娘が迎える大きな世界の終焉と新たな始まりを表わしているのである。「夜の出帆」は始まりであるはずの「出帆」がなぜ「夜」なのかという疑問とともに、結婚式に鳴るはずのウェディングベルがきわめて暗示的に表現されている。

しかし車が走りだしたとき、牟田口は朝子の手紙の結びを思い返していた。

〈だからパパ、ウエディング・ベルは今夜間違いなく鳴り渡るでしょう。無気力と怠惰と結婚するパパのために、悪魔のために結婚する私のために……〉

ウエディング・ベルか、と牟田口は明るい夜景に眼をそそいだ。すると牟田口の耳にも、この晴れ切った十月の夜空に響く鐘の音が聞えて来るようだった。鐘の音は、確かにある儀式のはじまりを告げるきびしくおごそかな音のようだった。その鐘の鳴り終わるときから始まるあすへの、あまい戦きを噛みしめている牟田口を乗せて、車は式場に向って行った。

引用は「夜の出帆」の最後の場面である。牟田口克介の結婚が養女朝子によって「無気力と怠惰」との結婚であると非難され、養女朝子は父への抵抗から同時刻に別の場所で「悪魔のため」に不本意な結婚に踏み切るのである。通常の結婚とは思われない。父と養女の別々の場所での同時刻の結婚は一つのウェディングベルによって結びつけられる。ウェディングベルは「無気力と怠惰」の始まりを告げる音である。ここでウェディングベルは前述した「晩鐘」のイメージに重なるのである。二人の結婚とウェディングベルはなにを象徴しているのだろうか。

やや結論的に言えば、牟田口克介の「無気力と怠惰」との結婚、朝子の「悪魔のため」の結婚とは、北海道の戦後を生きることの隠喩ではないかと思われる。内地化した戦後北海道を生きることの象徴が結婚ではないかということである。だから夜の結婚式のウェディングベルはもう一つの「晩鐘」なのである。朝子は真っ直ぐな性格で、しかも初期開拓民の血を引いている。北海道の化身のような朝子の破滅的な敗北を告げるのが夜のウェディングベルであり、夜の出帆なのであろう。以下に概要を紹介しておく。

四十四歳の牟田口克介は北海道釧路と思われる街で洋品店を経営している。夕方には戦争未亡人で三十八歳の服飾デザイナー小沢邦子との結婚式を控えている。そこに養女である朝子から分厚い手紙が届き、昔のことが回想される。

二十歳の養女朝子は牟田口のかつての恋人優子の娘であった。優子は横浜の実業家と結婚したが夫は病死する。優子は朝子を連れて実家の北海道に戻るが、敗戦翌年に朝子を残して病死する。朝子は明治開拓移民の祖父白戸宗太郎によって育てられる。二人の息子を戦争で亡くし、以前の富と名声も失った白戸宗太郎は廃園化した広大な邸宅で孫の朝子と二人で暮らすが、死の間際、朝子を遠戚の牟田口にあずける。朝子十一歳の時であった。牟田口の養女となった朝子は、成長するにしたがって養父牟田口へ密かな恋心を募らせていく。牟田口は養女朝子の激しい恋心に悩んだすえ、従業員で服飾デザイナーである小沢邦子との結婚を決心する。それに自暴自棄になった朝子は父の結婚式当日に家を飛び出し、別の場所で望まぬ相手と同じ時刻に結婚式を挙げる。その事実を結婚式場に向かう養父牟田口へ手紙で知らせる。

概要を述べたが、実際の作品はさらに複雑な絡み合いがある。北海道の歴史があり、戦争の記憶があり、「晩鐘」同様、ほとんど長編小説の内容と構成をもっている。主要な特徴として以下のようなものが挙げられる。

①戦死、戦争の傷跡

原田文学に多く見られる戦争体験と戦争の傷跡が「夜の出帆」には色濃く表れている。主人公の牟田口は七年もの間中国戦線に動員されて帰還している。朝子の二人の叔父は戦死し、白戸家は断絶し、広大な庭は廃園と化す。祖父白戸宗太郎と暮らしていた幼い朝子が、牟田口の養女として引き取られるのはこうした叔父の戦死の結果である。牟田口の結婚相手である服飾デザイナー小沢邦子も戦争未亡人である。戦争が色濃く影を落とし、それがさまざまな形での荒廃と没落の原因となっているのである。それに加え、病死などの、多くの死が敗戦前後に集中して発生している。白戸優子の夭折、朝子の実父の病死、祖父の白戸宗太郎の死、牟田口の両親の相次ぐ病死なども敗戦後まもなくである。つまり原田文学の多くの死は戦争や敗戦と深く結び付いているのである。

②庭園の荒廃、家の没落

庭園の荒廃は原田文学の重要な特徴であるが、「夜の出帆」においてもそうした要素が強くみられる。庭園、家屋敷の荒廃はそのまま家の没落につながっていく。その顕著な一例が朝子の祖父白戸宗太郎一家の屋敷である。白戸宗太郎の屋敷は、「海に面した高台」に建つ「木造平屋建ての宏壮」な建物で、庭には晩春になると「薄桃色の石楠花で見事に彩られ」たが、戦後は「荒廃の翳り」が漂う。こうした庭と家屋敷の情景は「晩鐘」や『病める丘』などにもみられ、喪失と没落感を一層浮き彫りにしている。敗戦後の北海道の姿であろう。

③結婚の象徴性、新しい現実

主人公の牟田口は戦争から帰還し、大きく変貌した北海道釧路でひたすら平凡に生きようとする。過去の「失われた情熱は戻りはしない」と思い、「人生とはなによりも平凡に送るべき」で、過去を「平凡な記憶」とみなして忘れようとする。慕ってくる養女朝子を遠ざけ、現実的な理由から服飾デザイナーで未亡人の小沢邦子との結婚を選択する。しかし朝子は明治の開拓者であった白戸宗太郎の血を引き、冒険的な情熱の持ち主で、養父への愛情を抑えようとしない。そして最終的には自暴自棄な結婚を選択する。朝子の結婚は破滅的ではあるが、他方では戦後の現実への屈服にもなる。

現実的な理由から「無気力と怠惰」と結婚する養父に、朝子はあえて汚れて祝福されることのない、いわば「デエモン（悪魔）」との結婚を養父に見せつけるのである。養父への強い反発でありながら、朝子自身も「無気力と怠惰」をやむなく受け入れる行為となる。それは戦後の現実を受け入れることの隠喩でもあろう。

他方では本来の自己、自己の夢を致し方なく諦めていく行為である。牟田口にとっては「無気力と怠惰」が戦後の現実であり、朝子にとっての戦後の現実は「デエモン」なのである。破滅とも思われる朝子のデエモンとの結婚によって北海道をめぐる過去記憶と夢は終焉していくのである。その始まりを告げる結婚式のウェディングベルと鐘の音はその新たな「出帆」の合図となる。ついでに原田文学は鐘の音、時や出発をあらわす時報、霧笛などに敏感であることを指摘しておく。

「夜の出帆」は「晩鐘」とともに、象徴表現が複雑に、巧みに組み込まれており、原田康子文学を代表する秀作である。短編のかたちをしたもうひとつの「挽歌」とも言えるだろう。

（4）「夢の港」、「薔薇の匂い」、「雪の巣」――夢の喪失、記憶の遠景化、忘却

原田文学で描かれる大きな喪失は、敗戦を指すことをすでに述べた。戦争による動員体制の強化、敗戦後における内地化の強化によって植民地北海道の性質は大いに変化したのである。以前の北海道はほぼ終焉した状態であった。それを文学的にいうと、冒険とロマンの終焉になる。その代わり、北海道は内地の延長としての戦後高度経済成長の余波を受け、いわゆる五五年体制による安定と成長という経験もしていく。

短編集『サビタの記憶』（一九五七年五月に刊行）の収録作品はおおむね五五年前後に発表されたものである。戦争は過去のものとなり、すでに遠景化されている。偶然なのか、短編集題目の『サビタの記憶』は「錆びた記憶」にも通じ得る。いわば古い記憶である。

前述した「夜の出帆」の牟田口克介は以前の冒険やロマンを捨て「無気力と怠惰」の世界を生

きると決心する。朝子も否応なくロマンを捨てて「デエモン」と結婚する。これらの現象も五五年体制と戦争の遠景化によるものであろう。こうした傾向は『サビタの記憶』収録の諸作にもみられる現象である。そのひとつが「薔薇の匂い」である。
「薔薇の匂い」は結婚六年目を迎えた倦怠期の夫婦がロマンにあふれた過去の記憶を再び呼び起こす話である。三十六歳の夫佐伯と二十七歳の妻道子は幼馴染同士で、結婚し、釧路の山の手にある三十坪の庭をもつ瀟洒な家で暮らしている。三十坪の庭には蔓薔薇が満開である。しかし平凡な日常に追われ、夫佐伯は結婚前の二人の思い出であった薔薇の匂いをすっかり忘れている。夫佐伯の注意を喚起させるため、妻道子はわざと薔薇の匂いを嗅がせたり、故意に不倫を装ったりする。題目の「薔薇の匂い」とは今はすっかり忘れ、失われた青春のロマンの象徴になっている。学徒動員から戻り、戦後十年以上が経ち、結婚六年目を迎えた夫佐伯の心情は以下の引用文によく纏められている。薔薇の匂いを忘れた理由である。

六年の歳月は佐伯を平凡な生活者にしていた。佐伯は手堅く商売を営むこと、仲間とくつろいで酒を飲むこと、道子と平穏に暮すことしか願わなかった。佐伯は彼の日常にすっかり満足しているわけではなかったが、学生時代に抱いた人生への野望など、他愛のない夢でしかないことを百も知っていた。失った野望に憂鬱になるよりは、現在を無事に生きたほうがましというものである。佐伯が薔薇の匂いを忘れていったのは、彼がとりわけ薄情な男であったためではない、日毎に身に沁みこむ生活の匂いが、薔薇の匂いよりもはるかに濃かった、というだけの話である。

木材会社の経営者の家で生まれた二人は、いまは釧路の高台で平凡な中流家庭を築いている。夢より現実を優先し、過去の薔薇の匂いより生活の匂いを優先しているのである。これはまた「夜の出帆」の牟田口克介が選択した「無気力と怠惰」の実態でもある。「薔薇の匂い」の夫佐伯の忘却も、「夜の出帆」の牟田口の選択も、戦争を直接的に経験したという共通性が背景として影響しているのかもしれない。

類似した話は「夢の港」でもみられる。「夢の港」は、結婚七年目で五歳の一人息子をもつ知子夫人の日常に、ふとよみがえった七年前の婚約中の出来事で構成されている。

知子は二八歳の主婦で、高台の上に建つ屋根の赤い小綺麗な二階建ての家に住んでいる。窓側からは港の船が一望できる。夫の留守中、ふと港の船を眺めていると、結婚前の冒険とロマンに満ちた一時が想起される。知子は結婚を前にし、レールを敷かれたような平凡な未来への悲しみを感じ、ちょっとした冒険心からスタンド・バー「ROMAN」に入る。そこで偶然に出会った船乗りと一夜をともにした記憶である。知子の心情は以下のように述べられている。

知子はレーンコートの衿を立てて路地をぼんやり歩いて行った。するとふいに、ある悲しみが心をよぎった。このときばかりとは限らない、ときたま心をかすめる悲しみである。それは、知子の未来にほぼ見当のついていたための悲しみだった。この町で生れ、この町で育ち、愛し、妻となり、やがて母となる。めぐまれた、だが単調なこたえだった。

知子の悲しみと冒険は「ほぼ見当のついていた」未来への一回きりの抵抗であった。知子は船乗りから聞く世界を旅するロマンの話に浸りながらも、船乗りが向き合う現実の悲しみに共感し、ホテルで一夜を過ごした。それ以降、現実に戻った知子は平凡な毎日に幸せを覚え、「二度と現実のなかに夢をさがそうとはしない」と決心するのである。やや拡大解釈すれば、植民地北海道の戦前的な冒険やロマンより、戦後に内地化した平凡な日常の肯定にもなる。ロマンと冒険の時代は終焉し、廃墟になった「夢の港」の残骸が、あたかも廃園のように、記憶のなかに封印されているのである。

こうした過去の記憶の封印は、私小説的な要素の強い「雪の巣」からも読み取ることができる。級友恵美の恋文を代筆し、それを角達二へ渡していた「私」は、その役割が「私」へ密かに思いを寄せていた角達二への周囲の配慮によるものであることに後から気付く。角達二は少年兵を志願していたのである。伝書鳩の役割をしている「私」と角達二は「岩燕の巣」に友人たちの恋文を入れて交換していたのである。それに気づいた「私」は、「私が角達二への手紙を入れようとした岩燕の巣へ、十七歳の私がそのままのこされ、そこから何事かを知った別の私が巣立った」と自覚する。

戦争末期の話で、過去の「私」とそれとは「別の私」が想定され、巣立ったことになっている。その間には大きな断絶が見られる。あるいは成熟である。その背景をなすのは間もなく到来する敗戦であろう。こうした断絶と成熟は敗戦後の北海道の姿にも当てはまるであろう。

注

▼1　拙著『村上春樹　精神の病と癒し』（春風社、二〇一九年）を参照。
▼2　八木義徳「解説」（『サビタの記憶』角川文庫、一九七四年）による。
▼3　桜木紫乃『硝子の葦』（新潮社、二〇一〇年）での娘による母殺しもこうした不倫が動機になっている。舞台（厚岸）もほぼ重なるので素材の影響関係があるようにも思われる。
▼4　「分裂病を作る母」（Schizophrenogenic mother）とは、フリーダ・フロム＝ライヒマンによって提起された精神病理学的概念。ライヒマン『人間関係の病理学』（誠信書房、一九六三年）を参照。

第Ⅲ章
挽歌四部作

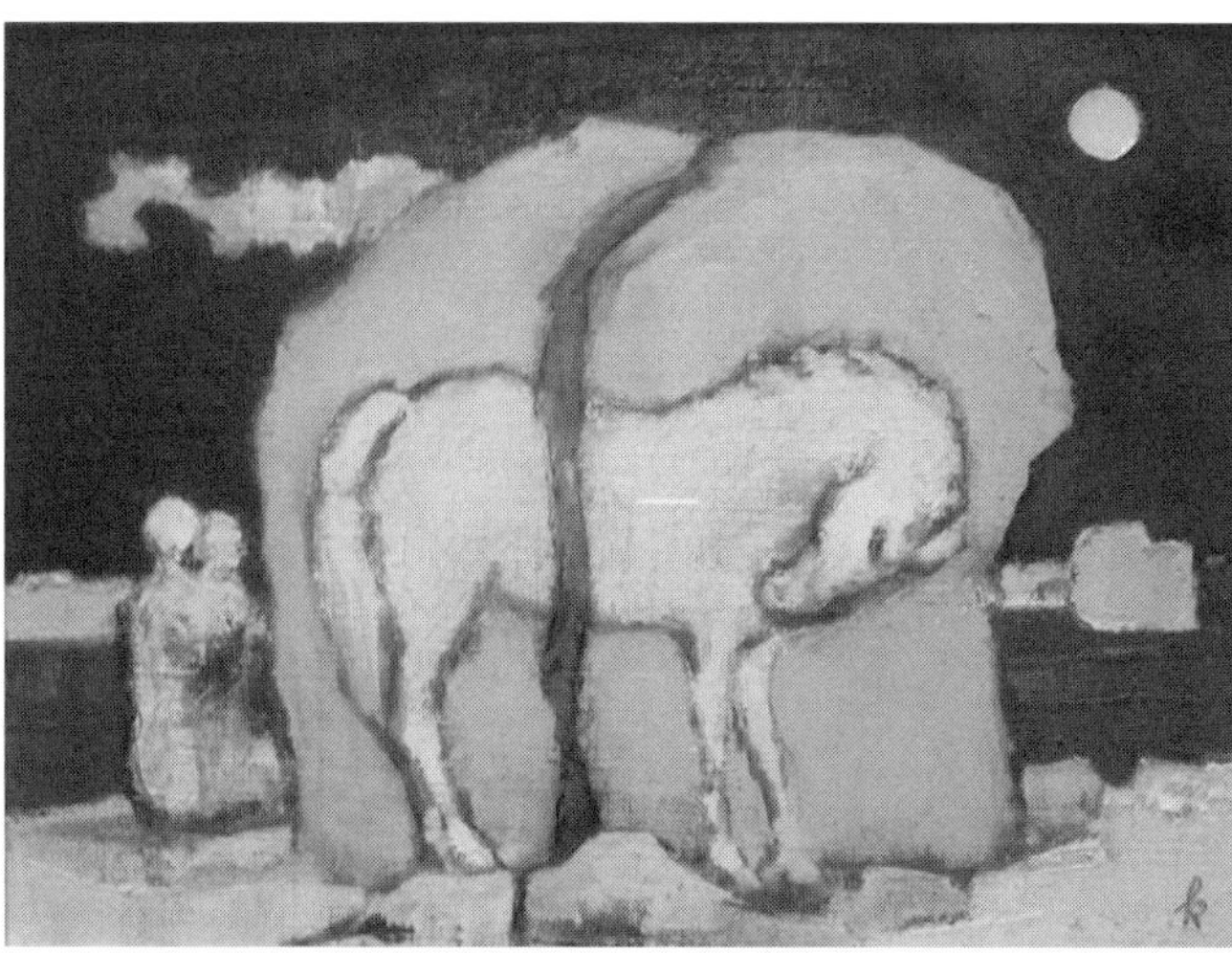

氷人（国松登、著者所蔵）

（1）挽歌の時代

原田康子は『挽歌』に代表される作家という認識が広くあるが、すでに見てきたように、必ずしもそうではない。

筆者は、ひとまず原田康子文学の全体が一つの「挽歌の文学」であると思っている。全体にわたって、ひとつの時代の喪失と終焉を悼む〈挽歌〉という認識である。それをさらに下位分類して考えることができる。その〈挽歌〉の下位を原田文学の変遷時期から考えると、『廃園』から『サビタの記憶』収録短編を経て『病める丘』刊行までの作品群が、もっとも〈挽歌〉の特徴を示している。原田文学の傾向が大きく変貌し、いわゆるスランプ期と言われる『殺人者』刊行以前の作品群である。具体的に言うと、『廃園』の連載が始まる一九五四年八月から『病める丘』が刊行される一九六〇年二月までの時期である。これを便宜的に「挽歌の時代」と呼びたい。この時期が原田文学の全盛期であり、ほぼ完成された状態でもある。ある意味、作家的な役割はここで完了したともいえる。それ以降の作品は、やや厳しい言い方になるが、その余燼にすぎない印象がある。「挽歌の時代」の一種の理屈による飾りであり、変奏曲であり、職業的な惰性であったように思われる。

この「挽歌の時代」をもっともよく特徴づける作品として四つの長編小説がある。発表順で言うと、『廃園』、『挽歌』、『輪唱』、『病める丘』になる。これを「挽歌四部作」と便宜的に命名したい。なぜこう命名するかというと、この四作の執筆過程によって『挽歌』がなにもので、作者になにが起こり、なにがもたらされたのかを系統的によく示しているからである。

（2）挽歌四部作

上記に提唱した挽歌四部作は、発表年代的には、『廃園』、『挽歌』、『輪唱』、『病める丘』の順番になる。『廃園』は単行本として『挽歌』以降に刊行されているので、発表時期が無視されるケースが多いが、雑誌発表は『廃園』が『挽歌』に先立っている。[1]『挽歌』刊行後まもなく連載されたのが『輪唱』であり、それに『病める丘』が続くのである。この四つの長編小説はほぼ時期的に連続するかたちで発表されていることにも留意すべきである。

こうした発表の時間順とは別に、いわゆる「挽歌四部作」の作品内容の時間的順序はその逆の流れになっているように思われる。内容的には『病める丘』の後日の風景が『挽歌』であり、『挽歌』後に訪れる世界が『廃園』であろう。つまり、『病める丘』を悼むのが『挽歌』であり、

『挽歌』がもたらした重大な喪失の世界が『廃園』という認識である。これにはさまざまな象徴性が介在する。庭園の荒廃過程で見られる北海道の歴史、時代の終焉過程、家族の没落過程、あるいは心理的な喪失過程が隠喩的に組み込まれている。こうした意味で「挽歌四部作」なのである。

したがって『挽歌』は、一大ブームを巻き起こした長編小説『挽歌』一作で構成されるものではないと筆者は思っている。ほぼ同時期に書かれたこの四つの長編小説の総体が挽歌四部作で、あるいは「挽歌の時代」に発表されたさまざまな作品群を総体的に〈挽歌〉と呼ぶこともできる。そしてその中心が挽歌四部作に収斂されている。

以下の考察は発表順にたどったものである。内容の時間はその逆になる。

第一節　『廃園』——庭の荒廃、希死観念、廃墟の跡

先に『廃園』の書誌的な側面を示しておく。『廃園』は同人誌『北海文学』第八号（一九五四年八月）から第一二号（一九五四年一二月）まで発表されたものである。編集責任者である鳥居省三によ

るガリ版印刷によるものであった。『挽歌』の連載開始（一九五五年六月）の半年前である。のちに『廃園』は改作改編され、一九五七年一一月の『太陽』創刊号から翌一九五八年二月号まで四回にわたって連載され、一九五八年二月に筑摩書房より刊行された。単行本の刊行が『挽歌』刊行より遅れ、それに改作改編したことも手伝って『挽歌』以前の作品のように思われがちだが、実際はそうではない。原田康子の最初の連載長編小説が『廃園』なのである。改作改編のことはあとで述べる。以下、初出誌での概要を紹介する。

『廃園』は女主人公である「わたし」（槇田むつ子）の悪夢を見た後の目覚めから始まる。森の中で妊婦のように腹が膨らんだ大勢の小人に追われる夢である。むつ子は結婚三年目で土木技師である夫と平穏な日々を送ってきたが、こうした悪夢にむつ子は驚く。じつはむつ子には、六年ほど前に十五、六歳年上の妻子ある男と恋愛し、睡眠薬で自殺を図った過去がある。いまは安定した状態で高台の古い家に住んでいるが、夫は出張で家を空けることが多い。むつ子は「生活の白いむなしさ」と表現する倦怠と疲労を日々に感じる。しばしば幻覚を見ている。子供はいない。そうした「生活の白いむなしさ」を紛らわすために、むつ子は叔父夫婦の養子である弓削京太との不倫関係を深めていく。

一方で、夫の槇田は学校の先輩である簑島氏の夫人と怪しい関係を続けている。簑島夫人は槇田家にスピッツの子犬やウィスキーをプレゼントし、新築した瀟洒な簑島家に槇田夫婦を頻繁に招待する。ダンスの際には蓑島夫人はいつも槙田とペアになり、むつ子は年の離れた蓑島とペアを組む。ダブル不倫の露骨な愛情関係が演出される。槙田と蓑島夫人との異様な関係に気づきながらむつ子はそれを黙認する一方、むつ子じしんは従弟の京太との愛情関係を深めていく。京太のむつ子への思いも激しくなる。これに並行し槙田と簑島夫人の関係もつづく。しかし槙田夫婦の日常が乱されることはなく、夫婦関係も順調である。

そんななか、春休みに東京から帰省した京太は槙田の出張中、夜の槙田家に入り込み、むつ子とと一夜を共にする。二日後、京太は東京に戻るが、東京出発の前に二人は百貨店の屋上に登り、キスマークと抱擁を求めるむつ子の提案で二人は屋上のメリーゴーランドへ近づいていく。筋はもう少し複雑であるが、以上が『廃園』初出時のおおまかな筋である。こうした筋とは別に、作品では庭に関連する多くの描写が見られる。敗戦からほぼ十年後という時間設定である。以下に特徴的な性質を箇条書きで指摘する。

（1）庭園の荒廃、庭園の幻覚

『廃園』はその題目のように、庭、庭園、家屋敷の変化がもっとも重要なテーマである。廃園という状態、廃園に至る過程、そして最終的には廃園の象徴性が重要な意味をもつ。作品中にはいくつかの庭園が描写されている。二度にわたる庭の幻覚、女主人公むつ子の住まいである屋敷、むつ子の実家の庭園、簑島家の屋敷等々である。まず幻覚のなかの庭から紹介する。むつ子はしばしば幻覚に悩まされる。二度にわたり廃園の幻覚を見ている。最初は夫とともに簑島家を最初に訪問した時である。

はじめて簑島家の玄関に立つたとき、私はなにかに打たれた。なにかーーそれはある底冷めたいような家の気配である。でもはつきり、そう感じたわけではない。…（中略）…。私はさいしよ、きれいだと思つたのだ。でも次のしゆんかん、冷ややかな、影の深いものをその家に感じた。私はなんとなく、ヨーロツパの、古い街のはずれにある、十五世紀頃に建てられた石造の建物を思いうかべた。（庭は荒れており、錆びた鉄の門には枯れた蔦がからまつている。尖つた屋根に雪が降り、窓を漏れる明りはへんに赤いのだ。その家に住むのは淫蕩な人妻と、いつも唇元に薄笑いを浮かべている酷薄な彼女の夫—）私はおかしくなつた。

しかし実在の蓑島家は上記引用の屋敷とはだいぶ違う。上記引用の屋敷はむつ子の幻覚のなかでの家であった。初出には実在の蓑島の家が以下のように描写されている。

私は簑島家に行つたことがないし、夫人には一度しか逢つたことがない。でも家は五丁ほど離れたところにあるので、前を通つたことは、ときどきある。低い石塀をめぐらした家で、このあいだ通つたときは、もうすつかり改築工事も終つたようで、テラスの白い柱が夕陽に桃色にそまつていた。改築といつても、すつかり作り直したので、その設計を槇田がしたのだつた。住み心地のよさそうな、洋風の平屋。槇田は、ほとんど個人の住宅を手掛けることはないのだけれども、簑島家の、どこかに稚い夢のひそんでいそうな、うつくしい屋根や窓の線に、槇田の性格があらわれているようだつた。あのとき、塀際の木立の影で、甲高く鳴いていたのが、スピッツの親犬なのだろうか。

簑島家は幻覚で現れたような西洋中世風の屋敷ではないのである。戦後に建てられた西洋風の瀟洒な平屋である。改編改稿された単行本『廃園』には「車寄せの白い円柱や、屋根や窓の線が瀟洒すぎ、その家をみるたびに、わたしは幼稚なあまさのあるショート・ケーキでも見るような印象を受けた」とも描写されている。あたかも戦後のアメリカ風のショート・ケーキのように小奇麗な家だったのである。ペットとしてスピッツが飼われている。いかにも戦後風である。これに対比されるのがむつ子が結婚に際して父から譲ってもらった築二〇年の家である。昭和一〇年前後に建てられたと推測される。

この庭は、しかし広くはないのだ。八十坪ほどあつて、道路と家をへだてて、カギ型に家を囲んでいる。塀はなく、低い木柵が庭をかこんでおり、垣薔薇は文字通り、木柵に沿つて咲いている。庭にはトチとシナの老木が数本と、石楠花や躑躅の低い植込みがサン・ルームの前につづき、あとは他愛のない草花が貧弱に咲いている。貧弱なのは、気候の悪いせいばかりでなく、私が手入れを怠けるからだ。

むつ子の屋敷はいま荒廃しかかっていたのである。薔薇は「すえたような匂い」がするともされている。蔓薔薇は石楠花とともに原田康子の作品によく登場するもので、「薔薇の匂い」では蔓薔薇が香気を発していた。しかし『廃園』においては「すえた匂い」がするほどの荒廃が始まり、むつ子の嘔吐の原因にもなっている。結婚三年目という期間と平凡な「生活の白いむなしさ」がもたらしたものであろうか。

他方、むつ子が過ごした実家の屋敷も描かれている。原田文学に頻繁に登場し、原田自身の幼児記憶としてもよく語られる石楠花が満開の屋敷である。

私の実家の建物は、この家よりよほど古いが、大きく頑丈で、庭も広い。死んだ祖父が建てた家で、庭には石楠花の深い植込みがあつた。私が小さいころ、石楠花の季節になると、よく親類のものを呼んで、遊んだり御馳走したりしたものである。私が十二歳くらいのころ、やはり親類のものがきた日、私は女学生になったばかりの姉と、石楠花の花を数えていた。いくら数えても切りがなく、私は途中で飽きて薄桃色の花片をむしりはじめた。

明治の時代に祖父が建てた石楠花が満開になる庭園とは、原田文学の心象風景をなす庭園である。▼2 古き良き時代の、いわば北海道にロマンと冒険があった時代への、懐かしい郷愁の背景に石楠花の咲く庭園があった。原田文学における幼児記憶の原型であろう。そして原田文学は、この原型としての庭園の喪失と深く関わっているのである。庭園の喪失が原田文学の神髄でもある。庭園とはロマンにあふれた植民地北海道を想起させるものである。

『廃園』においては、むつ子と従弟京太とが不倫関係を深め、破滅と情死を予感させる方向へ突き進むことになるが、二人はこの庭園への幼児記憶を共有した経験がある。養子である京太はすでに大きな喪失を経験している。むつ子は年上の男との不倫で自殺を試みている。ようやく山の手（釧路）の高台で庭を持つが、「生活の白いむなしさ」により庭園は荒廃し、従弟の京太とは近親相姦に近い不倫関係になる。そして不倫の後、以前とは様子の違う新たな庭園の幻覚を見るのである。廃園が不倫の予感となり、崩壊と自死への前兆になる。

しかし他方で、「生活の白いむなしさ」と幻覚は精神の病の症状である可能性がある。幻覚によって現実が溶け出し、リアリティが失われ、怠惰で憂鬱な状態が続いている。精神医学でいういわゆる離人症、または世界没落感ともいえる。現実的なリアリティを担保するのは性愛だけになる。原田文学において複雑な恋愛関係や錯綜する不倫が多く描かれるのは、ある種の小説的なリアリティの確保の問題が関係しているようにさえ思われる。非倫理的で日常を逸脱する行為に生のリアリティを求めるからである。村上春樹文学が登場したとき、多くの読者がポルノグラフィティ性に注目したのと、同様の現象が原田康子の文学に発生しているようにも思われる。離人症、世界没落感を克服するため、現実ではありえない異様な恋愛行動や、倒錯した近親相姦的な筋が立てられた可能性がある。

原田康子文学を自己の「憂鬱の処理」(自己の癒し)の問題として捉えたのは原田康子のもっとも近い位置にいた鳥居省三である。鳥居省三は身近で原田康子を観察し、原田文学の憂鬱の原因を「プライベートな過去」や「作者の精神的事情」に求め、原田文学を作家個人の憂鬱(精神の病)の処理作用として暗に捉えているのである。鳥居の文章は、プライベートに関わる内容であるため多くが抑制され、文章はもどかしく、いたずらに難解になっているが、暗にそうした状況を指摘したようにも思われる。もちろん作家の精神の病に関わるプライベートを詮索するのは文学研究や評論の領域では不適切で本質的ではない。

（2）庭園、幻覚、不妊願望

『廃園』で女主人公は廃園の幻覚を二度において見ている。最初が蓑島家を訪問する際である。上述した場面である。もう一つの幻覚はむつ子と京太が不倫関係になった翌朝の別れのときである。以下に引用する。

私は幹に凭れたまま、京太を見送つた。背中に、粗い幹の感触がはつきりかんじられるのに、私は自分の庭の、木に凭れているのだとは思えなかった。私はどこかに立つていた。この庭ではないどこかの場処。しかも地球上の、どこの土地にもない荒れた庭に。――壊れかけた鉄門。枯れた丈高い雑草。春になつても芽吹きかぬ裸木。その木に私は凭れ、木と私と霧と風が、もつれてゆらめいている――。いつかどこかでみた庭だわ――と私はぼんやり考えた。簑島の前庭で。でもそれは違う。あれは石の家だつた。雪が降つていた。霧ではなかつた。それに誰かがいた。私が石の家の住民じやなかつた――。長いあいだ、私は梠の木から離れなかつた。ひどく寒かつた。

象徴的な場面で、原田康子の深層心理を表わしているようにも思われる。また原田文学の原風景的な要素があるようにも思われる。それがデジャブを伴ってふいに現れる。しかもそれは不倫や自暴自棄な頽廃的な行動の結果として、死を予感するものとして出現する。この荒廃し、荒涼とした廃園は死の象徴であろう。

さて、雑草と裸木が霧に包まれ、入り口に榀の大きな木が立ち、側に誰かが立っており、「地球上の、どこの土地にもない荒れた庭」だが、これは原田康子文学に親しんでいるならその場所がすぐ特定できるであろう。挽歌四部作である『病める丘』の安西家の角ヶ丘の屋敷である。華やかだった古い家は廃墟化し、父娘はそこを追われ、まもなく屋敷は更地にされる。丘の霧のなかに立つ「誰か」とは父安西英輔であろう。デジャブを覚えるのは『病める丘』において「わたし」と父が住んでいたからであろう。つまり、のちの作品である『病める丘』において、丘を追われる父娘の姿が、それ以前の作品である『挽歌』にデジャブとしてさり気なく書き込まれているのである。『病める丘』は、いまは廃園になった広大な丘の上の屋敷から父娘が追われていく話である。錯綜する不倫関係は自殺と訣別で終わる。大きな没落と喪失の話である。

ほかにもこうした暗示は多い。『廃園』のスピッツは、『挽歌』ではフォックス・テリヤ種の犬になり、『病める丘』ではボルゾイ種の大型猟犬（園部家はプードル種）となっていく。なにかの衰退が、崩壊が、あるいは時代の変遷が犬の小型化によっても象徴されているように思われる。

蓑島夫妻が住む瀟洒な新築の家（単行本ではショート・ケーキのような）は『挽歌』の桂木家の屋敷と規模がほぼ同じである。『挽歌』で桂木家の庭にあるブランコは『廃園』ではベンチに、単行本ではシーソーに変わっていく。庭園と登場人物が密接に関連しているのである。ホテルもそうである。『挽歌』で密会を重ねるホテル「ロッテ」は、単行本で二人が向かい、死が予告されるホテルと同じように描写されている。

こうした相関関係は家族構成においてもみられる。『廃園』の蓑島の家族構成は『挽歌』の桂木家の家族構成と一致する。両方ともペットとして犬を飼っている。『廃園』の夫婦という家族構成は『病める丘』の父娘の家族構成にも対応する。『廃園』、『挽歌』、『病める丘』に『輪唱』を加え、四部作として捉えた所以である。

ほかに『廃園』の女主人公には強い不妊願望が見られるが、こうした不妊願望は『挽歌』や『病める丘』、『輪唱』での女主人公にも共通する。これは原田文学の全体に共通しているのかもしれない。「実る」ことへの恐怖や拒絶がみられるのである。その象徴が『廃園』の冒頭に出てくる夢であろう。腹が膨らんだ小人の少女に追われる悪夢とは妊娠への恐怖感から発生したようにも思われるからである。

（3）同時代の批評

原田康子『挽歌』にたいする同時代の賛否両論の批評は数限りないが、原田文学の個別作品を具体的に論じた批評は意外と少ない。全体を通した研究はさらに少ない。北国のロマンを少女小説風に書いて一時期ブームを起こした、俗にいう「一発屋」というような評価が、文壇的に、あるいは研究者においても定着している印象さえある。数少ない研究は、ほとんどが『挽歌』やその周辺、あるいは雑誌『北海文学』と鳥居省三の業績をたたえるもので、執筆者の多くは釧路出身の同人誌関係者である。原田作品を取り上げるのは、釧路市や北海道新聞の企画ものが大半である。こうした現象は、厳しい言い方をすれば、原田康子文学はいまだにふるさと自慢、町起こし的な範疇から脱していないような印象さえある。これが現状に近い。

そうしたなか、珍しい現象だが、『廃園』についてほぼ発表と同時期に、雑誌同人による二つの批評が特集されている。『北海文学』は『廃園』連載終了直後の第一四号を「『廃園』批評特集」号にして二つの論考を乗せている。『北海文学』が総ページの少ないガリ版の同人誌であることを考えると、これは破格の待遇といってもよい。鳥居省三の計らいであったろう。この二つの論考が『廃園』を単独で論じた唯一のものかもしれない。その批評を以下に簡単に紹介する。

ひとつは杉本順一「『廃園』批評」である。

杉本は『廃園』を大岡昇平『武蔵野夫人』、島崎藤村『家』を例に挙げながら、基本的には姦通小説に属すると批判する。しかし『廃園』には『武蔵野夫人』や『家』のような社会の因習や家族制度、恋愛思想が存在せず、生活は人工的で、心は退廃していると指摘する。女主人公の愛の不在は資本主義の「もの」への傾倒とも言えるが、『廃園』にはそうした思想性のようなものはなく、「ただ運命の偶然と日常の偶然性に支配せられて、ただよってゆく」にすぎないと批判する。ようやく女主人公が「主体性を確立」しようとするが、「作品は結末近くになって乱れる」と、作品構成に欠陥がある、とする。不倫小説における抵抗や反発が欠如し、家族小説における束縛からの自由への渇望が不足し、総体的に生命と愛情の喪失がみられると、やや厳しい評価を下す。短い感想である。

もうひとつは、川村淳一「原田康子さんにおくる手紙――『廃園』にみる原田文学の頽廃」である。同人への手紙形式で書かれたもので、批評と言うより苦言と一方的な非難に近い印象がある。

川村氏は、全国同人雑誌推薦賞候補になった「サビタの記憶」の祝賀会には参加しなかったことを皮切りに、原田康子の諸作を厳しく批判する。以前の「霧のなかの柩」については、作品内容から「このような作者が北文にいるということのおそろしさに、奇異の眼を見張った」と断罪し、『廃園』は「女という共通の宿命に繋がる虚しさへのレヂスタンスの一つとして打ち出されて来るもの」が不在で、これは「根本的文学精神の欠如」によるものであると指摘する。「空転的文学」であるとも批判する。原田康子の「生活体験の希薄」が「致命傷」になっているとする。地方同人雑誌の雰囲気を伝えるためにいくつかの部分を引用する。

結論からいって、原田さんは今回の『廃園』で何を訴えねばならぬかを深く反省すべきだったと思います。単なる思いつき的なレヂスタンスは非常に危険そのものです。

さらに批判はエスカレートする。

私はむしろ、世の様々な苦境にあえぐ妻の立場を振り返るとき、何という冒涜であり背信であろうと、いささか、それの義憤すら覚えます。

と続き、文学精神の欠如と、「真実の冒涜」に対する自己反省をしきりに促し、北海道大学の和田慎吾教授が北海道新聞に掲載した「原田さんの二ツの収穫」という賛辞さえ否定する。そして最後には「あなたの力作『廃園』を主としてここまで所見を述べて来ましたが、それ自体、私の言動は限りない憎悪にかりたてられる思いです」と結ぶ。

こうした評価は同人内における原田康子に対するある程度共通した評価であったと推測される。『挽歌』連載を三か月前にした雑誌同人の批評である。となると、こうした批評を十分に予見できる立場にありながらひたすらガリ版を切る鳥居省三の姿勢や情熱「『廃園』批評特集」の意図など、同人の間に起こっている複雑な人間模様などがいろいろと想像できる。『挽歌』の一大ブームによって喧伝された「地方同人誌から中央文壇へ」といったような地方美談とは違う姿である。[3] 原田康子はこうした土壌のなかで幸運なことに中央文壇に進出できたのである。

原田康子は『挽歌』発表以降に『北海文学』に一切の発表を行っていない。そのような必要性もなかったと思われるが、同人誌を離れ、札幌に創作拠点をうつしたのはこうした地方の同人世界にある閉塞した雰囲気が少なからず影響したと推測される。原田康子と『北海文学』との関係性は最後の長編大作『海霧』の刊行直後の、「北海文学創刊五〇周年」（二〇〇二年一〇月）頃になって復活しているようにも思われる。同人同士、とくに『北海文学』の主催者で実質的なオーナーであった鳥居省三の原田康子への思いは複雑なものがあったようにも思われる。

（4）改作改編問題

先述したように、『廃園』の初出は『北海文学』の連載である。のちに月刊誌『太陽』に四回分が連載され、筑摩書房から刊行されたのは一九五八年二月である。初出からほぼ三年後に世間一般に流布した。その間に『挽歌』が書かれ、「サビタの記憶」に掲載される「夜の出帆」、「晩鐘」などのいくつかの主要短編が書かれ、長編『輪唱』の連載が完了し、『病める丘』は雑誌『新潮』に連載中であった。いわゆる「挽歌四部作」をほとんど書き終わった、いわゆる「挽歌の時代」の終盤である。

一九五九年二月頃に原田康子は釧路から札幌へ移転する。同年五月に『病める丘』の連載が終わり、原田康子の釧路時代は完全に終わる。この釧路時代の終焉と『病める丘』の終了はほぼ時期的に一致しており、『病める丘』と釧路時代の終焉を一区切りとして、原田文学はほぼ完成したといえる。釧路期間こそ原田文学の核心をなす時期である。そしてこの時期に、単行本未収録であった『廃園』を単行本化のために改作改編している。

ここでデビュー以前の『廃園』は三年後にどのように変化したのか、やや気になる。

まず目を引くのは結末部分の第一〇章の改稿である。改稿は全体においてなされているが、第一〇章以外においては表現の修正、整合性をとるための修正である。そのなかで、やや気になる修正は喫茶店の名前が「ろば」から「デアヌ」に変化したことである。「デアヌ」は「ディアーナ」のフランス語で、古代ローマ神話に登場する銀の弓を持っているといわれる狩猟と貞節の神である。わざと神話的な意味によるアイロニーを加味しているのである。

『廃園』の喫茶店は事件の中心的な場所で、恋愛と不倫の場所である。そのため、逆説的な意味で、不妊のイメージがある「ろば」から狩猟と貞操の神である「デアヌ」に変更したとも解釈できる。『挽歌』の喫茶店「ダフネ」の太陽神とダフネの恋をめぐるアイロニーがここでも使われたように思われる。つまり、『挽歌』の創作を通して得られた新たな感覚、文体的な技巧などが改編に反映されているのである。しかしこれらの改稿は内容の根幹には関わらない。内容の根幹にかかわる修正は結末部である。

概要で述べたように、初出『廃園』では、不倫関係になった京太が東京に戻る当日、出発前の待ち時間を利用して二人はデパートの屋上に登り、手を取り合って、メリーゴーランドへ向かう場面で作品は終わる。再会とさらなる深い関係が予測されるが、それについては具体的に語られていない。しかし、単行本『廃園』ではむつ子の誘いで二人は森の中のホテルを目指すことで終わる。そしてその場面はきわめて象徴的である。

陽はわずかに傾きかけ、海は蒼鉛色にかがやいていた。その海を背にしたホテルは、隔離病院を思わせるような、殺風景なブロック造りの二階建である。石灰色の建物の色もつめたかった。そしてホテルを取りかこむ落葉松は、海から吹きつける季節風に傷めつけられ、悉く梢が片側によじれていた。

わたしたちは無言で林のなかの小道に入った。湿気のある黒土の道に、針のように細い落葉松の落葉が無数に突き刺さっていた。木立をすかしてホテルにぼんやり眼をこらしながら、ふいにわたしは、いま眼の前にある風景ではなく、わたしを待ちかまえているかもしれぬある風景を見たような思いがした。

ホテルに入る前に「わたし」はまたもやデジャブのような幻影を見るのである。それはホテルのベッドで石造のように横たわる二人の姿である。死の暗示である。それがホテルに入る前に幻影として現れる。女主人公の死が予見されている。『挽歌』の桂木夫人の死に接近しているのである。このイメージも『挽歌』の影響かもしれない。初出誌における曖昧なかたちの破滅が結局は情死であることが単行本における改作で明らかになる。

もうひとつ、『廃園』のなかで幻覚として頻繁に登場している西洋風の庭園と石の家が、またはデジャブを催す「地球上の、どこの土地にもない荒れた庭」が、じつは不倫の二人が向かうラブホテルをイメージ化したように思われる。『挽歌』のなかで桂木夫人と医学生古瀬達巳が入るラブホテルの姿が、『廃園』の幻覚で頻繁に現れている西洋風の庭園とやや似通っている。古びた庭園の記憶はラブホテルの姿に置換され、あるいはその逆に不倫が行われるラブホテルの姿は、古びた廃園としても置き換えられるのである。古い庭園とラブホテルは等価物で、いずれも深い傷痕や喪失の記憶に結びついているようにも思われる。

このようなイメージの結びつきが『廃園』、『挽歌』、『輪唱』、『病める丘』の間には強く、また緊密である。「挽歌四部作」と命名した所以である。『廃園』から『病める丘』までを「挽歌の時代」と命名したのも同じ理由からである。

第二節『挽歌』——戦後風景、喪の儀式、新旧の交替

（1）四つの枠組み

挽歌の一大ブームについてはここで説明するまでもない。一九五六年一二月に刊行された『挽歌』は、翌年に七〇万部以上売れる一大ベストセラーとなった。いわゆる五五年体制と戦後高度経済成長という新時代の雰囲気とも相まって、「もはや戦後は終わった」という実感を伴う出来事であった。それはあたかも村上春樹『ノルウェイの森』が高度資本主義やポストモダニズムの時代の雰囲気を創り出し、一大ベストセラーになった現象に近い。むしろそれ以上の社会現象であったと思われる。それは同時に或る時代の終焉と或る時代の到来を示すシンボル的な意味合いをもつものであった。その意味合いはさまざまあるが、大きく二つの側面から、さらにそれを大小の二つの枠に分けて考えることもできる。計四つの意味合いである。

まずその第一は、歴史的、時代的な側面である。日本国の戦後風景で、いわば戦前の喪失である。高度経済成長という、戦後的な安定の到来である。国家や民族という大きな物語の喪失による、個々を基盤とする個人主義的な物語の登場である。第二は、第一の小さい枠として北海道の戦後風景である。内地と一体化することによる植民地北海道の喪失である。内地の戦後資本主義が押し寄せ、植民地北海道が終焉したというシンボル的な意味合いである。

第三は文学的作品的な側面である。その大枠は『挽歌』を一般的によく言われる成長物語として捉えることである。成熟により、青春との決別を告げる挽歌としての意味合いである。最後の第四は小さい枠になるが、その喪失を成長や成熟ではなく、登場人物の具体的な精神の病として捉える枠組みである。登場人物にみられる「精神の病」的性格から、それらを病と癒しの物語、あるいは作者自身の病と癒しに関わる物語として捉える枠である。この四つは『挽歌』、「挽歌四部作」、あるいは原田康子文学における「挽歌の時代」を理解する基本軸となる。

(2)『挽歌』のあらすじ

『挽歌』はそれ以前に発表された作品の影響をさまざまに受けているが、とくに著しいのは『廃園』である。同じく『北海文学』に長編連載小説として、時間的にみるとほぼ連続的に書かれたと言ってもよいからである。

『挽歌』はよく知られており、概要さえ不要と思われるが、喚起するためにやや短く紹介する。

街が旗であふれる秋分の日、「わたし」（兵藤怜子）は街の高台にある小公園に出かけるが、そこで桂木家の犬に腕をかまれる。これがきっかけで怜子と建築技師桂木節雄の親密な関係が始まる。怜子は二三歳の無職で、いまは演劇サークルの小道具係である。左手は病気で不自由である。桂木に興味を示した怜子は窪地にある桂木宅を訪問するが、たまたま桂木夫人のあき子と医学生古瀬達巳の不倫場面に出くわす。怜子はこの事実を桂木に伝え、「コキュ」（妻を寝取られた男）と侮辱するが、桂木はそれに動じず、怜子を郊外のホテルに誘う。十五、六の年齢差はあったが、この不倫で、二人の関係は深まっていく。同時に桂木夫人と若い医学生の不倫も深まっていく。

一方で、兵藤怜子は桂木夫人に対しても愛情のようなものを感じ、桂木夫人と古瀬の不倫については桂木夫人を厳しく詰問する。桂木夫人はそれに酷いショックを受ける。これと並行し、怜子の父と洋装店の女主人谷岡千恵との恋愛、画学生久田幹夫の怜子への思慕が絡み合っている。こうして登場人物のほとんどが奇妙な恋愛と錯綜する不倫を展開するが、桂木夫人の自殺によって状況は急転する。怜子から不倫を強く非難され、また同性の怜子から愛の告白をされた桂木あき子夫人は湿原で服毒自殺したのである。夫人の自殺で怜子は服飾関係の仕事のために上京を決心し、桂木は中央アジアへ出張することになる。そうした予定のなか、演劇サークルの地方公演に出た怜子は途中で抜け出し、ちょうどホテル別館の設計建築のため滞在していた桂木と、近くのホテルで再会を約束する。

以上がおおまかな概要であるが、実際の物語は複雑に分岐している。以下、『挽歌』にみられるいくつかの特徴や問題点を考察する。

（3）『廃園』との関連性

『挽歌』は直前に書かれた『廃園』の世界に大いに影響されている。『廃園』に連続するもう一つの側面を描いたのが『挽歌』であろう。『廃園』の前段階が『挽歌』の世界である可能性がある。そのため、庭園や舞台設定など、基本構造がそのまま踏襲されているのである。類似した庭園と類似したホテル、類似した喫茶店など、空間的にはほとんど一致している。登場人物の性格と境遇においても類似がみられる。

『廃園』での槙田一家と蓑島一家の関係性は、桂木一家と兵藤怜子一家に類似し、むつ子の性格的な特徴は桂木夫人に似通っている。『廃園』のむつ子の一七、八歳年上の不倫男の役割は一五、六の年齢差のある桂木と怜子の不倫に、その時の睡眠薬による自殺未遂は桂木夫人に担わされ、むつ子と京太の関係性は桂木夫人と古瀬の関係にも投影されているところがある。つまり『廃園』の登場人物の性格や境遇は全体的に、あるいは部分的に『挽歌』の登場人物に分有されている構造である。このことから、『挽歌』は『廃園』を踏まえたもので、『廃園』によって『挽歌』の世界が構築されたと言ってよい。細部において多くの共通点をもつ所以である。そうした要素は以下においても共通している。

（4）戦争の遠景化、敗戦一〇年後の風景

『挽歌』には戦争や敗戦のことが多く語られている。戦争体験や記憶が随所に描かれ、それが徐々に遠景化している。しかしその傷跡は完全には消えていない。

怜子の住む下町の古い家の周囲にはまだ「戦災で焼けのこった古い住宅や、戦災後にできた安普請の木造の住宅が低く並んで」おり、怜子じしん爆撃で真紅に燃え、「死へのおびえとそして此の世の終末のような凄まじい美しさを滲ませていた空の色」を眺めていた記憶をもっている。さらに桂木節雄は仏印、マレエ、ビルマを転戦し、終戦をビルマで迎えていた。おそらくインパール作戦の生き残りだったであろう。撤退中には本隊にはぐれて密林に取り残され、野猿の仲間同士の戦いを眺めながら戦争の「むなしさ」を痛感する体験をもっている。

こうした個人的な戦争体験の傷跡とともに、あるいはそれを遠景化するように、敗戦による社会的変化は激しく起こる。兵藤怜子一家は「敗戦後の経済変動」で開拓者であった曽祖父、祖父が築いた財産のほとんどを失い、没落の一途をたどっている。父と怜子の代になってからは先代の「フロンティア・スピリット」も失われ、経済的に困窮する。その一方で、戦後の経済体制に

よって街の風景は一変する。没落と繁栄が交差している。舞台背景である釧路と思われる街の戦後風景は以下のように描かれている。

この市は終戦当時六万だった人口が、十年間に倍の十二万に脹れあがり、なお人が増えつづけている街である。市の膨張は、父の言葉を借りれば、千島を失った根室のかわりに漁業基地になったためであり、本州の大資本で水産や化学の工場が建ったためであり、港が整備されつつあるためであり、市の背後に石炭や木材が豊富に産出するせいでもあるらしい。しかし町の明かりの果は、広い真暗な湿原地に呑みこまれているのだった。

以前にはフロンティア・スピリットが生き続けていた街が、戦後一〇年のあいだに、経済政策の変動によって様代わりしていたのである。父の没落はこうした時代変動によるものである。一方で、以前には住民が住んでいなかった街の窪地に桂木一家が瀟洒な西洋風の平屋を建てる。札幌在住の桂木が建築設計事務所をこの街に開き、リゾートホテルや住宅を建てていたのもこうした時代背景によるものである。しかもこうした変化は北海道全域に起こっていた。以下は札幌の風景である。

桂木さんは食事を摂りながら、戦後の十年間に札幌には百七十近くのビルができたことや、彼がいまいくつかの商社が入るビルディングを共同設計していることを話した。それは地上五階、地下一階のビルで、エア・コンディショニングの装置もつけるのだという話であった。

桂木はこうした現象を「アメリカ式の速成施行の気風」として非難しているが、桂木自身がそれを広めていることも事実である。桂木は北海道における戦後経済のいわば先兵であり、他方ではその批判者という矛盾を抱えている存在である。桂木が古代寺院建築に憧れているのはこうした矛盾の発露といえる。罪滅ぼしの側面であろう。

『挽歌』はこうした新旧時代のあいだに生じた大きな変化が捉えられている。旧時代の終焉と新時代の到来である。そこに大きな喪失が生まれる。登場人物たちはその喪失と成熟の間で翻弄されていくのである。当時はさほど注目されることはなかったが、いま考えると、伊藤整が『挽歌』初版の帯に書いた「夢の喪失と実人生の到来」という短い推薦文の指摘は驚くほど正確なものである[4]。

（5）祝日の風景、隠喩、ダフネと桂木の象徴

『挽歌』を手にした読者の多くは冒頭の一文に驚いたであろう。『挽歌』冒頭はまさに衝撃であ

る。そこには異様な風景、異様な感覚が述べられている。敗戦一〇年後の読者には恐ろしいほど身に沁みるものがあったであろう。『挽歌』のすべてはこの最初の一文、一段落に尽きると思われる。

なんのお祭りなのだろう……。家々の戸口に国旗が立っている。国旗の出ていない家のほうが少ない。わたしの家と道路ひとつ距てた小学校の国旗掲揚塔にも、大きな旗があがっている。その大きな、真新しい旗も、軒先や門にくくりつけられた、赤の褪せた旗も風が吹くとかすかにゆれた。わたしはなんとなく、この晴れきった真昼に街中の物音が絶え、ただ幾千の、幾万の旗だけがひそかに鳴りつづけているような気がした。

じつはこの旗日は敗戦後に「秋分の日」と呼ばれた日であった。戦前的な名称は「秋季皇霊祭」である。天皇の祖先祭礼日なのである。旗の掲揚が義務づけられ、国旗掲揚台には大勢の人びとが強制的に集められ、厳かな儀式が行われる日だったのである。

敗戦によって以前の春季皇霊祭と秋季皇霊祭はそれぞれ春分の日、秋分の日に名称が変更される。正式には一九四八年の「国民の祝日に関する法律」によるが、終戦翌年から「秋季皇霊祭」は旗日として実質的に廃止されていた。『挽歌』発表のちょうど一〇年前である。

以前には強要され、場合によってはさまざまな儀式に動員されたはずのこの旗日を、主人公怜子はすっかり忘れているのである。怜子は二四歳、数え年一五歳の女学生のとき終戦を迎えている。この怜子が旗日である秋季皇霊祭をすっかり忘れているのである。これは敗戦一〇年後の怜子の心象風景であり、おそらく多くの日本人に共通する感覚であったろう。過去はすでに遠くなっていたのである。戦争の記憶は遠景化し、当然ながら、植民地北海道の記憶も遠い過去のものになっていたであろう。おそらく当時の読者も初めて自己に起こったこの忘却に驚愕したのではないだろうか。戦争と過去の遠景化に驚いたに違いない。怜子も同様である。

風にはためく旗を前に、怜子はふと幻聴と幻覚を覚える。街の音は絶え、「幾千の、幾万の旗だけがひそかに鳴りつづけている」ような感覚に捉われる。それはあたかも戦前の旗日の風景のようである。あるいは旗で溢れた戦時期の記憶のようなものに捉われたのかもしれない。戦時期に使われたであろう「赤の褪せた旗」が揚げられ、小学校では大きな「真新しい旗」が国旗掲揚塔に揚げられている。まさに異様な光景である。

この旗の幻覚幻聴から目を覚ました怜子はようやく「戦災で焼けのこった古い住宅や、戦災後にできた安普請の木造の住宅」の存在に気付くのである。戦争と敗戦が初めて喚起される。『挽歌』の冒頭はその異様な風景を共感覚的に読者にいきなり訴えているのである。旧秋季皇霊祭が秋分の日に変わり、街の人びとは習慣のように、あるいは以前になにもなかったかのように、旗を掲げる。それにたいする怜子の違和感のようなものが冒頭で噴出しているのである。遠景化した記憶の顕在化である。これは「もはや戦後ではない」のではなく、最初から戦争など存在しなかったかのような変貌ぶりである。
それでは兵藤怜子の家はどうだったのだろう。以下の引用がそれである。

崩れかけた低い石の門には、旗はくくりつけられていなかった。旗が押入れの隅か、納戸のじめじめした戸棚の中にでも、くしゃくしゃに丸められたまま押しこめられているのかもしれない。白地は黄色くなり、赤い円には虫食いの痕があるだろう……。

おそらく兵藤家では戦後になって一度も旗を掲げなかったと推測される。戦時期に使った旗をくしゃくしゃ丸めて納戸か押し入れに押し込んだままの状態であったろう。これは周囲とは対照的な兵藤家と怜子の性格的な特徴を示すものであろう。
『挽歌』にはもう一か所、旗日が出てくる。ゴールデンウィークの最後の祝日である。五月五日の子供の日である。

その日もよく晴れていた。クロオヴァの芽と躑躅の匂う窪地のあかるい通りに、国旗がかすかに鳴り、鯉幟りの矢車があちこちでゆるくまわっていた。
わたしはいつもより、いくぶん心の弾みをおぼえながら裏口の錠をはずした。

秋分の旗日とは明らかに違う描き方がなされている。桂木夫人の自殺後に迎えるゴールデンウイークの旗日であったが、描写は朗らかで、怜子はいくぶん元気を取り戻している状態である。これが意図されたものなのかどうかは判断できないが、『挽歌』はこうした巧みな構成によって構築されている。暗示と隠喩が多く含まれているのである。

暗示と隠喩のことであるが、たとえば『挽歌』の中心的な場所である喫茶店「ダフネ」の名前もそうである。ダフネはギリシア神話に由来するもので、キューピットの愛の矢に刺された太陽神のアポロンが、同じくキューピットの憎悪の矢に刺されたダフネを追い回し、川辺に追い込まれたダフネは桂の木に変身する。男主人公の名前である桂木と喫茶店の名前がダフネであることはただの偶然とは思えない。桂木あき子夫人の不倫と自殺を暗示するかたちにもなっている。太陽神（内地）と北海道（植民地）の関係性を投影しているようにも思われる。『挽歌』はこうした暗示性と隠喩性に富んでいる。原田康子の小説の特徴であり、それは村上春樹の小説にもよく見られる現象である。▼5

（6）メランコリー、白鳥の象徴、死と剥製化

『挽歌』には個性の強い登場人物が多いが、そのなかで、桂木夫人あき子の性格はやや奇異である。人間味が感じられず、あたかも人格が欠如しているようにさえ思える。それには二つの特徴がみられる。一つは懶い表情である。

桂木夫人を形容する時には、あるいはたんなる主語である場合でさえ「懶い」、「懶げ」、「憂しげ」等々の語が付される。それはほぼ規則的で、その頻度はあきらかに過剰である。「依然として懶げな様子」、「懶げな微笑」、「彼女自身の懶さ」、「懶い影」、「濃い懶さ」、「物憂げな微笑み」等々、キリがない。怜子には「しかしでは、夫人を執拗に包んでいる懶い影はなんだろう。無軌道でむごい心の女に、この懶さがある筈はない」とも思われている。こうした夫人の表情に変化はない。そこに人格性がみられないことから、桂木夫人は精神の病の隠喩である可能性がある。怜子の快活で小悪魔的な性格の裏の側面、いわば憂鬱の側面が付与された登場人物という解釈も可能である。怜子と桂木夫人を合わせて一体の人格としてみることも可能であろう。二人の登場人物に一人分の人格を投影する方法である。村上春樹『ノルウェイの森』の直子と女主人公緑との関係性が類例になる。

もうひとつは「微笑」、「低い笑い」、「異様に無感動な笑い」等々の表現である。桂木夫人は終始、微かに笑っているのである。喜怒哀楽の感情が欠如している。怜子が夫人を最初に発見した

時からそうである。桂木家の自宅前の路地を歩く二人組の男女を怜子が異様さをもって注目したのもこうした夫人の異様な低い笑いからであった。

低い笑い声であった。わたしはその声以上に低い声をそれまで聞いたことがないように思った。そのごくかすかな短い笑い声には、愉しさはもちろん、悲しみも苦しみも、はじらいも、あきらめさえもこもっていないようであった。

そうした描写はしつこく続いている。たとえば怜子が桂木家を最初に訪れた場面である。

「お上がりになりません？　かまわないのよ」

そして彼女は低い笑い声をたてた。わたしは息をつめて後退りした。わたしは、すこし前に通りで聞いた異様に低い笑い声を再び聞いたのである。

怜子が「それまで聞いたことのない」低い声はなにを意味しているのだろうか。なぜ夫人は「低い笑い声」を出すのだろうか。夫人は多く登場するわりにはほとんど言葉を発しない。懶げな表情で低く笑っているに過ぎない。『挽歌』全体を通して夫人には人格が与えられていないのである。あたかも剥製のようである。そして夫人は最終的に、「わたしの美しい被害者」として「生前のどの瞬間よりもうつくしかった死の貌」をした自殺体で発見される。これはいったいなにを意味するのであろう。夫人を殺したのは怜子ということにもなる。

他にも怜子の夫人への強い殺意を示している場面がある。夫人が自殺する直前に、怜子が夫人の不倫を強くなじった後、話題が風連湖の白鳥に及んだときである。

「白鳥ってきれいだろうと思っただけなのよ」

ややたってから、桂木夫人は穏やかに言った。

「おくさんみたいにね」

すかさずわたしは夫人に笑いかけた。

「おくさんをスワンにして、湖に浮かしたらどうだろう。優雅で気品があって憂わしげで、白鳥の女王になるわね。わたし見惚れたあげくに、掴まえたくなわるわ、きっと」

「逃げますわ」

「逃げたら殺す。わたしハンターよ。白鳥を射つ名人。狙いは外れないわ」

わたしは笑いながら、銃口を夫人の胸にむけ、引金をひく姿勢を真似してみせた。

引用文は怜子の夫人への殺人予告に近いところがある。夫人は風蓮湖の白鳥に喩えられている。夫人は白鳥の化身で、白鳥の隠喩であることを示す。白鳥の殺害願望は以前にも予告されている。夫人の自宅で、話題が風蓮湖の白鳥の見物に及んだとき、怜子はわざと夫人に聞こえるように、久田幹夫に次のように言う。


　わたしはぼんやり彼女にみとれ、それから夫人をうつくしいと見たことに、すっかりうろたえた。私は早口に、

「みっちゃん、女の足じゃ無理？」と久田幹夫に話しかけた。

「わたし行きたいんだけどな、風蓮に」

「駄目だな」

「いつか言ってたでしょ。わたし白鳥の死ぬとこみたい」

「簡単に死にはしないさ」

「うちに古ぼけたランカスターあるの。射ちたいわ。片腕のハンターってないかしら」


　桂木夫人の自宅で、夫人に向けて発した言葉は、あたかも殺人の脅迫に近いようなものである。ここでも夫人は白鳥に喩えられる。怜子の白鳥殺害の願望は博物館の陳列室で見た白鳥の剥製か

らスタートする。白鳥の剥製に怜子は異様に興奮を感じ、貧血を起こす。久田と食堂で一時休憩した怜子は興奮冷めやらぬ言葉で次のように言う。


「白鳥の剥製みた？」

と、わたしは早口に喋りだした。

「たぶん生きている白鳥よりも死んだ白鳥のほうが美しいのだと思うわ。魂がないということだけでも素敵でしょ。描きなさいよ、ね、剥製をモデルにして。白鳥の死ってタイトルはどこかにあったかしら。白鳥の湖はチャイコフスキー、白鳥の歌はシューベルト。パヴロワは瀕死の白鳥……」

気障な言葉を、しかもとりとめもなく喋っているのをわたしは感じた。

「わたしをモデルにして。死んだ白鳥と、白鳥の死骸をよろこんで抱いている不遜の娘との取合せ……っていうのはいいでしょ。いい思いつきよ」


白鳥の剥製を見た怜子は興奮状態に陥り、一方的にしゃべり出す。怜子は生きた白鳥ではなく死んだ白鳥、死んで剥製化された白鳥へ異常な興味を示している。白鳥が桂木夫人の隠喩であるならば、怜子の欲望は桂木夫人の自死で最終的に実現したことになる。桂木夫人のデッドマスクに怜子は「生前のどの瞬間よりもうつくしかった死の貌」を確認しているからである。

このような一連の流れを総合すると、桂木夫人は白鳥の暗示と隠喩であることはほぼ間違いない。だから桂木夫人に人間の性格が欠如している。白鳥の隠喩であるがゆえに桂木夫人は言葉をあまり喋らず、終始「低い笑い」を見せているのである。桂木夫人が常時「物憂げな」ことはそれが白鳥の化身だからである。そして風蓮湖の白鳥はさらなる隠喩として北海道ということにもなり得る。つまり、桂木夫人は風蓮湖の白鳥であり、風蓮湖の白鳥は北海道であり、桂木夫人と白鳥の死は北海道の終焉の隠喩とも思われる。白鳥の剥製化に拘泥する怜子の行為は、そのまま北海道の終焉に対する『挽歌』にもなるのである。

『挽歌』とは剥製化である。記憶化である。過去の記憶として留めておくために剥製化するのである。『挽歌』とは過去における植民地北海道の終焉を剥製化した心的作業のことではないだろうか。

補足だが、『挽歌』はチェーホフ『かもめ』を下敷きにしている。怜子や久田らはアマチュア演劇団の美術部員で、ちょうど一連の事件の間、怜子は「かもめ」の上演準備にとりかかっていた。チェーホフ『かもめ』と『挽歌』の筋には多くの重複が見られる。スワンの剥製とかもめの剥製がもつ象徴性、スワンとかもめに象徴される登場人物の自死、複雑に絡み合う恋愛関係の破綻、過去への憧れと現在の大きな喪失感等々である。おそらく原田康子はチェーホフ『かもめ』

を強く意識したと思われる。巧みな構成である。

第三節　『輪唱』――血筋、疑似家族、高台の終焉

『輪唱』は一九五八年一月から同年七月まで『週刊女性』に連載され、同年八月に東都書房から発表された作品である。挽歌四部作のうち、『輪唱』だけが『病める丘』の執筆の合間に書かれ、執筆の合間に刊行されている。『廃園』、『挽歌』、『病める丘』はそれぞれ連載を終了したあと、一定の期間を置いて書かれているが、『輪唱』だけは例外と言うことになる。

このことから『輪唱』は以前の『廃園』や『挽歌』、のちの『病める丘』のように、野心をもって取りかかった連載作品ではないともいえる。『挽歌』と『病める丘』の合間に書かれた、いわば繋ぎや間に合わせ的な性質をもつ作品でもあったと思われる。こうした創作の経緯からして『輪唱』はその題目どおり、『挽歌』と『病める丘』の間隙を埋める輪唱的な要素を強くもっている。独自の主題と言うより、以前の主題が再利用され、これから始まる『病める丘』の主題の一

部が加わる構成である。主要な特徴は『挽歌』や『病める丘』とも共通するところが多いので、ここでは『輪唱』の特徴といえる血筋と疑似家族、近親相姦的で複雑な恋愛関係に限定して述べておく。

『輪唱』の最大の特徴は近親間で起こる複雑な恋愛関係である。もうひとつは母を別にする三姉妹という異様な家族関係である。概要を紹介する。

下町と港が見下ろせる釧路の高台に住んでいる内藤壮一郎には三人の娘がいた。妻の菊枝は一年半前に病死しているが、三姉妹の産みの母親はそれぞれ違う。内藤壮一郎の複雑な恋の結果である。母親が違うように三姉妹の性格もそれぞれ違う。

長女の泉は無職でぼんやりした性格である。絵描きが趣味である。次女の麻子は通信社勤務のちゃっかり者で、三女の通子は大学浪人中のしっかり者である。物語はそれぞれ三姉妹の視点で、複雑に絡み合いながら、あたかも輪唱のように語られる。

長女の泉は新聞記者の西田晴夫と見合いを予定していたが、直前に肺炎にかかって出席できなくなる。その事情を説明するために次女麻子が代理で向かうが、西田は次女麻子に惹かれ、二人は恋仲になる。一方、長女は肺炎の急診に来た医師塩沢謙吾と親しくなり、深い恋仲になってい く。三女通子は同じく大学浪人中の江口二郎と親しくしている。しかし、他方で、江口二郎は長女泉へ思いを寄せている。さらに複雑なのは、長女泉の恋仲である医師塩沢の妻は、内藤壮一郎のかつての恋人で、じつは次女麻子の産みの母親なのである。塩沢の息子塩沢悟と麻子は姉弟関係にもなる。どろどろした近親相姦的な恋の乱脈である。それに加え、内藤壮一郎は友人の妻で未亡人である佐久間夫人と恋仲である。

こうした複雑な恋愛関係が三姉妹それぞれの視点で、秘密を内包しながら、嫉妬と配慮の波乱含みで展開していく。そして最終的に、長女は塩沢と結ばれ、次女は西田と結ばれ、通子は大学に合格して釧路を離れることになる。さまざまな紆余曲折はあったが、祖先の時代から住み慣れた釧路の高台の家を皆は離れていくことになる。

(1) 血縁、家族

以上が大まかな概要だが、全体的な筋においては現実離れし、荒唐無稽で複雑な恋愛メロドラマのような印象がある。しかし抑制された文体はそうした猥褻さを感じさせない。原田康子の文庫本の「解説」を多く書き、最大の理解者と言われる八木義徳が原田文学を「愛という情念における不条理」と解釈したのはこうした複雑、荒唐無稽な恋愛の絡み合いから思想的「不条理」を感じたからであろう。しかし一方で低俗な少女小説と厳しく評価される所以もここにある。

しかし、すでに述べたように、原田康子のこうした複雑で荒唐無稽とも思われる情念はそれ自体の面白みを追求したものではなく、あくまでも方法論であるといえる。複雑で荒唐無稽な男女の情念は原田の内面の風景を表現する一つの道具にすぎない。それはたとえば、村上春樹の性愛表現が一種の精神の病の状態の表現で、それ自体に隠喩的な性質があるように、原田文学の荒唐無稽な情愛は原田の精神の病のある状態、あるいは原田康子の時代認識と北海道や釧路の時代的な風景を隠喩として表現した側面が強いのである。心象風景なのである。原田康子の複雑で荒唐無稽な情愛の複雑な絡み合いに猥褻感があまり伴わない所以である。末梢的な猥褻感はそぎ落とされ、そこには心情的に乾燥した別世界が展開されている。

それらを『輪唱』で探ると、そこには釧路と北海道の戦後社会の風景が感じられる。開拓者の子孫である内藤家の没落過程である。あるいは塩沢や西田のような、外来者の侵入である。外来者が釧路の高台に新しい住居を建て、在住者である通子や江口が釧路を離れ、内藤壮一郎のような旧世代が時代から後退していく。同じく古い伝統を持たない三人娘が明らかに旧来とは違う新たな生活を始めることになる。旧来の釧路の終焉過程が描かれているのである。原田文学がロマン小説、少女小説と誤解されながらも、それとは無関係の読者に固く支持されているのはこうした理由によるであろう。喪失と新たな出発への共感であろう。

（2）雑種性、混血性

隠喩という側面で指摘しておきたいことは、母の違う三姉妹の存在であるが、それはたんに内藤壮一郎の複雑な情愛関係を示すものではなく、北海道や釧路の文化風土の隠喩にもなることである。三姉妹の母親は東京や札幌など、その出生の場所をそれぞれ異にしている。そのような血筋が釧路の三姉妹に受け継がれている。いわば混血であり、北海道文化の雑種性の隠喩にもなる。原田文学には初期から混血への憧れがみられ、『挽歌』の桂木夫人のように、外国人のような風貌の持ち主も多く登場している。

こうしたことから三姉妹の母の血筋の多様性は釧路や北海道の雑種性の反映であり、江口二郎の斜視、泉の知的障害や欠損も、これまた多様性や雑種性の表象ということもできる。原田文学はこうした特性をほぼ無意識に近い、場合によっては高度な意図をもって巧みに作中に盛り込んでいるのである。

（3）喪失と成熟

『輪唱』では多くの喪失が語られている。それは終戦一〇年後に起きた新旧のあいだの大きな変動であろう。その変化は庭園や建物とも連動している。

まずは三姉妹の母である菊枝夫人が死んだことである。菊枝夫人は古い明治風の木造屋敷を取り壊し、「瀟洒なブロック建築の二階建て」での暮らしを待ち望んでいたが、邸宅の完成とともに子宮癌で死ぬ。家の新築と母の死は連動しているようにも思われる。家の新築と母の死によって父は急に性格が穏やかになる。二階建て新築に反対していた長女泉は現実に適応できない。それに反し、新築を喜んだ次女と三女は前向きで、積極的に物事に挑戦していく。庭園や屋敷の変化が登場人物たちの性格や変化に影響を与えているのである。

『輪唱』は三姉妹の物語ではあるが、なかでも中心的に描かれるのは長女泉の成熟過程である。二四歳の泉は長女であるが、生活能力はなく、知能は低く、結婚や未来への展望もない。無職で、趣味で絵を描き、見合いへの恐怖も抱いている。そうした泉は、釧路の窪地に新しく造成された「ブロック造りの洒落れた平屋」に住む札幌から移住した医師塩沢謙吾の屋敷に通う。塩沢は子持ちの四〇歳の医師で妻を亡くしている。泉は塩沢謙吾との付き合いのなかで幼児性から脱皮して徐々に成熟していく。泉が年齢差のある塩沢に心を寄せていくのは塩沢の傷がもつ安心感からであったと思われる。傷跡の一つは妻の不倫と死である。もう一つは敗戦の幻影である。

長女泉が塩沢に誘われて札幌へ行ったとき、二人はテレビ塔に上がり、豊平川と藻岩山に取り囲まれた市街地を眺めながら次のような会話を交わす。

「僕が知ってる札幌にはね、テレビ塔なんてなかった」

と塩沢謙吾がふいに低く静かに言った。

「こんな町じゃなかったよ」

「煉瓦造りの建物の多いむかしの静かな街ね」

「そいつは学生時代の話さ、それから戦争に負けた……。僕の記憶に一番強く残っているのは終戦直後の疲れ切った町なんだ。ニグロの兵隊がうようよ歩いていた。町にはアメリカ兵と原色とがあふれていたな、原色のストリート・ガールさ。君はロングスカートって知ってる？」

　泉はまじまじと塩沢謙吾をみつめた、彼は記憶をたぐり寄せようとするような、深い目の色をしていた。それは彼がこれまで一度も泉に見せたことのない、いくぶん悲しげな静かな眼差しだった。


　敗戦の記憶と一変した札幌の街の風景が塩沢には傷痕として残っていたのである。作中の時間からすると、完成したばかりであったテレビ塔についての描写は見られない。喪失した旧時代への郷愁が滲み出ており、それを二人は共有する。その喪失をもたらした傷跡の根源は敗戦であり、それに伴う釧路の実家の終焉である。

　その後、二人は札幌で一夜をともにする。その翌日の泉の喪失感と成熟への気持ちは象徴的でさえある。

泉の心にとつぜん悲しみがわいてきた。さみしさではなく、悔いからのものでもなかった。それはなにかが終り、なにかがはじまろうとしているための、すみとおった悲しみのようだった。しかし泉は、なにが終り、なにがはじまろうとしているのか、まだ考えてみることはできなかった。

『輪唱』の核心的な部分であろう。泉の悲しみは処女の喪失だけではなく、泉に代表される旧時代の真の意味での終焉によるものと思われる。釧路の高台に住む内藤家は、泉の心に生じた「なにかが終り」、「なにかがはじま」ることによって、その真の意味での終焉を迎えるのである。終焉とは北海道と釧路における戦前的な体制だったのである。三人姉妹の自立による内藤家の終焉は帝政ロシアに象徴されるプローゾロフ家の終焉を描いたチェーホフ『三人姉妹』を彷彿させる。その点、『輪唱』はもうひとつの『挽歌』ともいえるのである。

第四節　『病める丘』――丘の病、旧時代の終焉、丘の終焉

原田康子は『挽歌』によって知られ、『挽歌』が代表作として一般的に記憶されているが、その作家的特徴をもっともよく現わしている作品は『病める丘』であろう。

戦後の北海道文学を論じる際には、『病める丘』はそのもっとも代表的な作品で、北海道文学の起点であり、終点であると筆者は思っている。あらゆる北海道的なものが滅んだ廃墟の跡がそこに存在し、新たな北海道文学はその廃墟のうえに成り立つものではないかという認識である。題目の『病める丘』とはいうまでもなく北海道の象徴であろう。旧北海道のことで、いわば植民地北海道である。

『病める丘』は釧路の丘の広大な屋敷に住んでいた一家が、時代の変化に取り残されて屋敷を追われ、滅びていく過程を描いたものである。人間の没落、丘と屋敷の消滅が中心になる小説であ

る。真の主人公は釧路の丘に建つ広大な「角ヶ丘」なのかもしれない。以下に概要を述べておく。

二五歳の安西敦子は、釧路の市街地から離れた角ヶ丘と呼ばれる九千坪の広大な敷地に五二歳の父安西英輔、ボルゾイ種の犬イワンと暮らしている。明治に建てた和洋折衷式の古い屋敷に至る道はS字にカーブし、その真ん中には桂の老木が立っている。かつての繁栄を失った安西家には以前のようなにぎやかさがなく、海からの深い霧に包まれる広大な屋敷に、父と娘は静かに暮らしている。しかしそうした生活もいよいよ終わりを迎える。父英輔が先祖から継いだ水産会社が経営不振に陥り、新たに始めた製氷会社も内地から入った巨大な戦後経済の新資本によって倒産する。父英輔は負債から角ヶ丘の広大な家屋敷を不動産業者である園部亮三へ売却することになる。

四三歳の園部亮三は手堅い金融や不動産売買によって戦後に財をなした者である。しかし暗い過去を引きずっている。妻の園部千鶴が若い頃に安西家に出入りし、安西英輔の愛人となってその関係が一五年も経つ今も続いていた。土地売買は安西英輔の苦境を見かねた園部夫人が夫に頼んでのことである。

他方、安西敦子は三年前に許嫁が母と出奔する経験をもっている。幼馴染であり、親同士が決めた許嫁の友田順次が母親と逃亡し、婚姻は破綻する。母と父も離縁する。そうしたなか、角ヶ丘の家屋敷の検分に来た園部がいきなり敦子にキスをする。これがきっかけで二人は親しくなる。

敦子は角ヶ丘と父を守りたい一心で園部の愛人となる一方、園部夫人は没落していく安西英輔への思いを募らせていく。これで園部亮三と夫人の夫婦関係も破滅に向かう。このような泥沼の愛憎劇は角ヶ丘の引き渡しと測量作業でようやく収束に向かう。

角ヶ丘の家屋敷の測量が始まり、いよいよ引っ越しと譲渡期限が迫ってくる。敦子と父は残り少ない骨董品を売り払い、古びた家財道具を崖下の陰鬱なアパートに運び出す。春には丘の家屋敷が取り壊され、整地され、そこに瀟洒な西洋風の二階建ての家が建つ予定である。もう丘と家屋敷は永遠に失われるのである。異様な冷静さで譲渡を進めた父英輔は、昔を思い出したのか、敦子を鴨の猟に誘いながら古びた猟銃の手入れを始める。敦子は父英輔の死を予感する。予感どおり、引っ越しが終わったとき、父英輔は崖下の陰鬱なアパートには戻らず、猟銃を持参して行方不明となる。シラルトル湖畔の猟場での自殺が推測される。敦子と弟一郎は父の捜索願を出すが、父の遺体は見つからない。一人で取り残された敦子は記憶の中にある森に続く白い道を求めて旅に出る決心をする。そして荷物の一切を整理し、一人で森へ向かうためにアパートを出る。

(1) 丘の喪失、戦後の風景

概要でも分かるように、『病める丘』は人間よりむしろ丘に重点が置かれている。角ヶ丘という庭園の喪失過程を描いた作品といえる。角ヶ丘は釧路郊外の海岸に面し、広大な敷地には明治風の和洋折衷の古い屋敷が立ち、植民地北海道開拓の象徴のような遺産である。北海道に渡って資産を築いた敦子の曽祖父と祖父が八〇年前に未開の土地を入手し、そこに屋敷を建てたのである。父英輔はその三代目で、本来なら許嫁と結婚した敦子か、弟一郎が継ぐはずの丘であった。しかし象徴的だった安西家の庭園も屋敷も、いまは朽ち果てていくばかりである。その屋敷は次のように描写されている。

角ヶ丘の住宅も、曽祖父と祖父の成功の象徴のひとつだった。建坪は百坪にすぎなかったが、一部に煉瓦を使った和洋折衷の二階建は、小さな城館のように重々しくいかめしかった。わけても洋館の窓にはめ込まれた鉄格子や、彫刻をほどこした露台の手摺などは、祖父の趣味の悪さを示すと同時に、安西家の建物に、取りすました驕慢な感じをあたえていた。
しかし歳月は建物に深い陰翳をもたらした。いま建物のあちこちは傷みかけ、色は褐色にくすみ、そして建物の肌には山葡萄の蔓が縦横にからまりついていた。

屋敷は「驕慢な感じ」、「肌」といった言葉で、あたかも人間のように描写されている。屋敷はたんに建物というより、人間のような変遷を歩み、屋敷の運命に付随するかのように人間の運命がそれに翻弄されていく。その大きな変化が敗戦である。戦争のあと、安西家は資産を急激に減らしていく。以前のような開拓精神は消え、戦後経済の変化に取り残され、札幌に留学している長男一郎の学費さえ支払えない状況に追い込まれる。それでも父英輔は猟犬を飼うなど、以前の華やかな生活を変えられずにいる。

他方、新しく角ヶ丘の所有者となる園部の不動産会社は次のように描写されている。

園部不動産の建物は、鉄筋三階建の頑丈そうな建物だった。気取りもないかわりに味気もない、ごくありふれたアメリカ式の白っぽい事務所だった。その白い建物の横に、深い鉄色をした園部亮三の車が停められてあった。

それと対照をなすのが安西の会社である。

町に着くと、私は町の中央を流れている河の傍でバスを降りた。父の会社の安西産業は河口近くの河岸にあるのだ。祖父の代からの、むかしの警察署のような古風でいかめしい建物であった。

園部不動産と安西産業の対比は見事である。園部不動産は角ヶ丘を買収し、整地し、分譲住宅を造成する。安西産業は倒産し、園部不動産に買収される。戦後十年のあいだに釧路で起こった風景の変化を克明に示している描写である。ひとつの時代の終焉である。さらに丘を買収する園部不動産の社長である園部の住居は次のように描写されている。

園部家はバス路線から六町ほどそれた運河の岸にあった。そのあたりまで来ると住宅は少なくなった。運河は使われていないらしく錆色によどみ、貧弱な疎林や枯葦のむらがりがあって、荒地の名残りを止めていた。

園部家の建物はイギリス風の二階造りだった。窓の多いあかるい灰色の建物の周囲をひろびろとした芝生と、石塀がとりかこんでいた。

園部家は、安西家とは反対側の、北の郊外に広がる新開地に建てられていたイギリス風の建物であった。イギリス風の新築に住む園部家と、蔦に絡まれた古びた和洋折衷の二階建に住む安西家とが明確な対照をなしている。滅びる者と栄える者の対比である。安西家を釧路湿原の運河沿いに設定したのは園部夫人とイメージが重なる『挽歌』の桂木夫人の死に場所が暗に下敷きになっているように思われる。

『病める丘』にはもうひとつの家屋が登場する。敦子が丘を追われて引っ越すことになる崖下のアパートである。敦子が二月ほど暮らした狭い賃貸住宅である。

アパートは、表通りから二町ほど離れた裏通りに面して建っていた。古い兵舎の一棟のような、味気のない褐色の建物だった。アパートの周囲には低い住宅が不揃いに並び、家々の背後に高台の崖が迫っていた。……（中略）……

私はおずおずと部屋に入り、素早くあたりを見まわした。安手な花模様の壁紙がはられ、畳の色もかわりかけていたが、手狭ななりに部屋は具合よく区切られてあった。八畳と六畳の和室が続き、六畳に隣り合わせて細い台所がついていた。端の部屋なので、窓は西と南側にあり、西からは町が見え、南側は赤い崖と接していた。

私は部屋のあちこちに目を走らせながら、ここではじめられる三週間後の生活を想像してみた。しかし、私はこの部屋にいる私と父の姿を想像することはできなかった。私はともかく、この崖下の部屋、安手な壁紙で飾られたこの部屋に、父の姿を置いてみることはできなかったのだ。

角ヶ丘の九千坪の敷地に建つ百坪の和洋折衷二階建の自宅と、崖下の二間のアパートの対比は、安西家の喪失がいかに大きかったかを想像させる。結局、父はこのアパートに住むことはなかった。父を追うように、敦子も二月暮らしたあと、アパートを出て森の中を目指す。おそらく父の後を追うような自殺が暗示されている。

このように、『病める丘』は庭園と主人公の生死が連動している。庭園の盛衰によって人間の運命が決定され、人間の盛衰によって庭園の運命が決まっていくのである。それをもたらしたのが敗戦である。敗戦によって旧時代の美しい丘は消えて行く。それは明治風の大屋敷がアメリカやイギリス風の瀟洒な家にとって代わる過程でもある。

ここでひとつ補足したいのは、『病める丘』の主題はチェーホフ『桜の園』と、人物構成と主題において共通していることである。桜の園の女主人のラネーフスカヤは角ヶ丘の主人安西英輔に、若い娘のアーニャは敦子に、養女のワーリャの境遇は園部夫人に、兄のガーエフは弟一郎に、桜の園の新たな主人である新興実業家であるロパーヒンは角ヶ丘の新たな持ち主である不動産業の園部亮三に、それぞれ対応関係をなしている。また二つの荘園はいずれも木が切られ、整地され、小さく分割され、別荘や分譲地とされる。両家とも家主は夫や妻を亡くし、放蕩と不倫をかさね、時代に取り残された経営で荘園と丘を追われている。『桜の園』が日露戦争前夜の帝政ロシアの崩壊を予兆する作品であることを考えると、その状況は敗戦後の北海道で起きた大きな変化とも重なる。いずれも大きな喪失が生まれている。

(2) 記憶、忘却

女主人公敦子の屋敷に纏わる美しい記憶はあざやかに生きている。現在の苦境は「過去がもたらした結果」ではあるが、「金粉が撒きちらされたように散らばっていた」過去の記憶は色褪せない。そうした記憶の一つが、若い園部夫人と若い父との密会の場面とそれを眺める母の姿である。敦子が十歳の時の記憶である。父が若い娘と明け方に寝室のテラスで別れる場面である。なにかの理由で父は若い娘を庭に突き落とし、娘がS字型の坂道を泣きながら走り出す記憶である。それを母が敦子の寝室で眺めている。しかしそうした過去の忌まわしい記憶でさえ、敦子には「いとおしい」記憶で、「いまの私の周囲にある現実より断じて美しかった」とさえ思っている。そこにまだ丘があったからであろう。人間への美醜の記憶より、その記憶と結びついている丘の記憶が敦子には重要だったのである。人間の美醜の記憶はあくまでも丘に付随するものにすぎなかったのである。

敦子にとって角ヶ丘の過去の記憶は現実や未来よりも重要で、丘を失った新たな生活に適応することはできない。崖下のアパートへの引っ越しがいよいよ差し迫ったとき、敦子と園部との関係に気付いた父は死相を深めていく。引っ越し直前の敦子の心情は以下のように描かれている。

記憶も屢々私の心によみがえった。私は母のひそかな足音を廊下に聞き、友田順次の怒りにかがやいた目を見たような思いがした。それらの記憶は、現実の丘の情景としっくり融和していた。現実は過去と緊密にむすびついていたからである。私は、丘につながるむかしといまをいとおしんだ。しかし、つぎの瞬間、私の心におびえが走った。過去とかさなり合った丘の情景こそ、危険なあすを約束していたからである。私は、破滅をみちびくにちがいない現実を、美しく見た私自身の心の傾斜をおそれた。

上記の引用は、原田文学の本質とも深く関連する認識である。過去の記憶への拘泥である。現実世界に過去の光景が記憶として侵入してくる。過去の記憶への拘泥は現在と未来からの逃避にもなる。過去の記憶への拘泥と肯定は未来への拒否であり、それは同時に未来と結びつく現在への拒否でもある。過去の記憶との断絶こそ現在と未来への展望になるが、過去の記憶の堆積がそれを邪魔している。病理学でいう退行である。こうした過去の記憶の拘泥による退行こそ原田文学を一貫する特徴である。過去の記憶の忘却行為が欠如している。したがって、過去の記憶がデジャブとして現在に介入する。記憶と忘却のバランスを欠如したこうした多くの登場人物が原田文学の主人公になっているのである。

ついでだが、筆者はこの記憶に関する方向性が北海道文学なるものの主要な核になると思っている。それは過去と現在をどのように捉えるかの問題である。戦前と戦後をめぐる分離と融合の方向性である。記憶の融合のなかで地方文学として内地文学の多様化を図るのか、記憶の分離によって北海道文学の独自のアイデンティティを確保するか、という問題である。原田康子は後者である。

（3）丘と父、父の喪失

『病める丘』は丘の喪失とともに父の喪失の物語でもある。丘は父への記憶に付随している。丘の喪失と父の死がほぼ同時進行的に起こる所以であろう。それは敦子の過去の記憶が父への記憶であることを意味している。敦子の「顔立が父に似て」おり、父をこの上なく愛しているのは、丘と父がほぼ同一のものだからであろう。丘と父を分離するのは難しい。

敦子と父英輔は新しい生活のために崖下のアパートに引っ越すことに決めるが、父はそのアパートには一日も住んでいない。敦子は一人でアパートに引っ越しているが、そこに父の存在はない。丘ももう存在しない。初めて丘の喪失と父の不在に直面した敦子の心境は以下のように描かれている。

　ときによると私には、父と二人だけで暮らしていた頃のあのしんとした日々が、とつぜん立ちかえったように思われることがあった。むろん一年前とかわらぬ静けさがアパートの部屋にあっても、私の傍に父はいなかった。園部夫人の声を聞くこともなく、園部亮三の車を見る日もなかった。古い頑丈な家具も、厚地のカーテンもなく、また毛足の長い大柄な犬、はしどいの枝の触れ合う音、朽葉の濃い香り、それらのすべてをふくめて丘はいまなかった。私の頬を涙がよごすのは、失った丘が目によみがえるときである。丘はただ美しくよみがえり、悔いよりはなつかしさが私の心を刺した。

引用文で見るように、丘は父とほぼ同一視されている。丘は整地され、アメリカやイギリス風の分譲住宅地となっていく。父英輔は自死の場所であるシラルトル湖畔の猟場へと向かう。猟犬のイワンは敦子のいない間に犬屋に渡され、離縁した園部夫人は日本海側の町へ、母は岡山へ、弟一郎は川崎の就職先へと離れ離れになっていく。かつて丘と関わったすべての人が丘の終焉前後に丘を離れていく。敦子は母や弟から北海道を離れた内地での暮らしを勧められる。しかし敦子はそれらの誘いを断り、父の喪に服するかのように、しばらくアパートで暮らしたあと、父が自死したであろうシラルトル湖畔の白樺の森林を目指す。シラルトル湖畔の猟場は父との思い出の場所である。敦子における父の喪失とは父性の喪失である。父性とは北海性を象徴するものでもあろう。北海道の原型が父性であり、それが具体的には父の安西英輔に体現されている。父の喪失は比喩的には北海道の原型である北海なるものの喪失を意味しているのであろう。

このように、丘を追われた安西家の四人家族はちりぢりになるが、母と弟は内地で再生を目指し、父と敦子は北海道の森林での自死を選ぶ。家族は北海道と内地に切り裂かれていくのである。武田泰淳が指摘した「灯籠」の方向と、「サイロ」の方向である。北海道文学が直面する根幹の問題である。武田泰淳の図式を『病める丘』に当てはめると、やや強引だが、父安西英輔と娘敦子が目指した「サイロ」の方向に北海道文学が存在するのではないかと思っている。母と弟が目指した内地（灯籠）の方向はあくまでも「北の日本文学」に過ぎないと思っている。『病める丘』はこうした二つの方向性をきわめて象徴的に示す作品でもあると思われる。

（4）原田康子文学、『病める丘』の意義

『病める丘』が原田康子文学の最高傑作であることはすでに指摘した。その大きな理由は以前から試みたさまざまな素材やテーマが『病める丘』に網羅されているからである。たとえば、『挽歌』の桂木は園部に、桂木夫人の姿は園部夫人に、自死の心理は敦子に取り込まれている。また高台と下町、高台と谷間という場所の対立構造は『輪唱』、『挽歌』、『廃園』など多くの作品と共通し、しかもそれらがより明確に描かれている。

さらに一家の没落は「晩鐘」と重なり、父娘の絆は「夜の出帆」に、女主人公の過去の年齢差のある不倫は初期作と『挽歌』の兵藤怜子とも共通している。兵藤怜子と敦子には性格的な類似

もみられる。さらに付け加えれば、原田文学に多くみられる森の中での自死も『病める丘』の影響であると思われる。

補足だが、いわゆる「挽歌四部作」を細かく読むと、面白い変化も見られる。例えば、犬は創作順で言うと『廃園』では小さい小型犬であるが、『挽歌』では中型犬、『病める丘』では大型の猟犬になっている。さらに主人公の家屋敷からみると、『廃園』は古い民家、『挽歌』では古い豪邸、『病める丘』では「古い一大豪邸」へとなっている。犬も家もその規模が大きくなり、『病める丘』ではそれが最大化されている。

このことから、原田康子の全体と結びついているいわば配電盤の役割を果たしていると思われる。小説的構成の強靱さとストーリーの緊密さ、一切の無駄のない文体、個性に満ちた登場人物の性格描写は細微で、それは猟犬にまで行き届いている。朽ちた館や桂の老木が風に晒され、霧で霞む角ヶ丘の風景描写などはまさに圧巻ともいえよう。以上を総合的に考えると、『病める丘』は原田文学の最高傑作であると言ってよいだろう。

注

▼1　八木義徳は『廃園』（角川文庫、一九七五年）の「解説」で、『廃園』を挽歌に続く「第二作目」としているが、これは正確ではない。さらに八木義徳は以前に『輪唱』の「解説」（角川文庫、一九七三年）で『輪唱』を第二作目にしたことを訂正しているが、『輪唱』は正確には第三作目になる。雑誌掲載と単行本刊行の時期的ズレによる誤解であろう。

▼2　そうした記憶の集成が随筆「父の石楠花」（『父の石楠花』新潮社、二〇〇〇年）であろう。

▼3　地方文壇に関わる人間たちの鬱屈した心情は松本清張『表象詩人』（光文社カッパ・ノベルス、一九七三年）によく描かれている。

▼4　参考に伊藤整の帯推薦の全文を紹介する。「原田康子さんの『挽歌』といふ小説は、繊細にそして痛々しく描かれた、少女の青春を送る歌である。それは夢の喪失と実人生の到来との中間にある女の心を書いたものとして、一人の作家の出発を保証するに足る確かな美しさに包まれてゐる。」

▼5　村上春樹文学と隠喩については拙著『村上春樹　精神の病と癒し』を参照されたい。

第Ⅳ章
喪失の果て

池畔風景（小林一雄、著者所蔵）

前章で筆者は、『病める丘』が原田文学の頂点であり、原田文学の中心をなす配電盤であると述べた。また『廃園』、『挽歌』、『輪唱』、『病める丘』の四つの長編小説を「挽歌四部作」として捉え、『廃園』から『病める丘』に至るまでに書かれた『サビタの記憶』収録の一連の短篇小説を含め、この時期を「挽歌の時代」と命名した。そしてこの「挽歌の時代」こそ原田文学の中心であり、核心であるとも指摘した。さらに『病める丘』をもって原田文学の一区切りとする、とも捉えた。

作家の文学世界がピークに達し、文学的完成状態に至っても作家は生き続ける。文学世界は終焉したが、職業としての作家の寿命は続く。これは多くの作家が抱える問題である。職業的な文筆活動と文学世界における緊張状態が時期のうえで一致しないのである。文学世界は燃え尽きているが、作家としての寿命は尽きておらず、生活を保障したいという職業的本能からなにものかを書き続けていくのである。それは近代職業作家にとっては悲劇である。程度の差はあるが、これは多くの近代の職業作家に当てはまる。原田康子も大いにこれに当てはまる。そうした境遇と運命は作家の個別的事情や作家本来の文学的資質によって決まるのかもしれない。

『病める丘』は原田康子が釧路で書いた最後の作品である。『病める丘』の連載を終えて間もなく、原田康子は夫の転勤に伴い、創作の拠点を釧路から札幌に移す。『挽歌』ブームによる騒々しさから逃れるように、あるいは通俗小説、姦通小説、少女小説、ロマン小説等々と言われる文壇での評価や世評のやかましさから離れ、心機一転して自己の文学を貫きたいという反発心も多少はあったのかもしれない。まだ三一歳である。よく狭小さを非難される文学世界から脱皮したいという意気込みもあったと思われる。いかし、『病める丘』を超えるような手持ちの作品はない。あるいは底をついている。そこからさまざまな苦しい模索が始まるのである。

第一節 『殺人者』、『素直な容疑者』、『満月』——推理小説、幻想小説

原田康子は一九六〇年二月に『病める丘』を刊行したあと、しばらく執筆活動を休止する。いわゆるスランプの時期とも言われている。そうしたなか、一九六二年六月、突如推理長編小説『殺人者』を刊行する。当時、松本清張による推理小説が一大ブームとなった時期であった。そ

うした時代風潮を取り入れた試みであったのだろうか。

『殺人者』は小樽近郊を舞台にし、東京から隔離された富豪の娘が、たまたま逃げ込んできた殺人犯を刑事から庇護する話である。筋を簡潔に紹介する。

東京に住む病弱な女主人公洲本淳子は銀座の美術商の態度にいらだち、その場で高額の油絵「スペインの空」を購入する。これに驚いた父は会社の別荘がある小樽郊外に淳子を、療養を口実にして隔離する。二一歳の淳子は肺病の療養所からの脱出を二度、家出を一度、駈け落ちを一度行った破天荒な娘である。『挽歌』の怜子を超える不良性と小悪魔的な性格の持ち主である。洲本淳子の山荘の隣りには、資産家の愛人である真壁千穂という女性がポインター犬を飼って住んでいたが、淳子とは犬をめぐる些細なトラブルを起こしていた。そんなある日、真壁千穂が以前恋愛関係にあった厩務員白戸礼太に殺害され、礼太は淳子の別荘に逃げ込む。まもなく刑事が追ってくるが、淳子は機転をきかして刑事の追跡から白戸礼太を一時的に匿う。未来に希望を失った礼太は自首しようとするが、淳子は礼太との楽しい未来を語り、自首を踏み止まらせる。淳子に激励された礼太は逃亡を決心、未来へ希望を抱きはじめる。しかし、礼太がようやく生きる希望を抱いたとき、淳子は突然礼太を犯罪者として厳しく糾弾する。礼太を絶望へ再び陥れる。淳子の豹変ぶりにショックを受けた礼太は別荘を逃げ出し、淳子と刑事に追われるが、やがて森の中で自殺する。

『殺人者』は変格推理小説と分類されるような作品で、物語の醍醐味は淳子の豹変する性格とそれに翻弄される資産家の愛人、三田村刑事、殺人犯の白戸礼太の姿である。筋の展開と心理はハードボイルド的である。しばらくの活動休止のあと、なぜこのような類の作品が生まれたのか、不思議にさえ思われる。筋の杜撰さは当然ながら文体に影響する。以前の「挽歌の時代」の作品にみられる磨き上げられた描写は消え、必然性のない筋が、読者に特定の心理を強制するような硬直した文体で綴られている。こうした素材の変更による文体の大きな変貌には驚かされる。これも新たな模索の一貫だったのだろうか。

『殺人者』が発表された一九六二年から原田康子の創作は著しく減っているが、ほそぼそと発表されたのはこうした推理小説風の作品である。それらをまとめたのが短編集『素直な容疑者』(1980)である。短編集『素直な容疑者』には一九六三年から一九六七年の間に書かれた推理小説「素直な容疑者」、「空巣専門」、「朝までの五時間」、「峠」などの作品が収められている。いずれの作品も推理小説とは呼べないほど稚拙な内容である。文体も同様である。

たとえば表題作「素直な容疑者」は、大学浪人の主人公庄司明が朝目覚めてみると隣に女性の謎めいた変死体がある。ススキノのジャズバーでの遊びの帰りに、婦人の自宅に誘われたが、記憶がない。犯人とされて警察と検事の追及をうけるが、庄司は婦人の従妹が犯人であると主張する。その主張が通ってすんなり釈放される。庄司は釈放当日、またもやバーで酒を飲み、婦人宅を訪問し、婦人相川裕子の従妹になる二十歳の桃子を追及し、殺人を自白させる。桃子は従姉相川裕子の夫の殺害も打ち明ける。桃子の告白を聞いた庄司は自分を「殺すなら殺してもいいぜ」と言って桃子に素直に殺される。

作品では桃子の相川裕子殺害の動機や殺害方法も解明されず、警察の捜査の必然性もなく、相川裕子の夫殺しの理由も説明されていない。さらに庄司が相川裕子と夫を殺した桃子にみずから素直に殺される理由も釈然としない。要するに支離滅裂である。登場人物は人形劇の人形のように無作為に動いている。もう一つの例として「峠」を紹介する。

「峠」の峠とは塩狩峠を指す。帯広近郊の酪農家で働いている二十歳前後の女主人公は札幌のピアノ演奏会に参加するため急行「まりも」に乗っている。土日も酪農の仕事に追われ、一人での札幌行きは二度目である。隣席には粗暴な若者が座っていたが、列車が塩狩峠を下るとき、ふと若者の不在が気になり、デッキへ出てみると男は飛び降り自殺を図ろうとしている。それを必死に止める。落ち着いて理由を聞いてみたら、男は釧路で無理心中を図り、連れの女性を失って家に戻る最中であると告白する。女主人公は男の自殺を心配し、監視のために札幌を通り越して小樽まで同行する。小樽では男と同じホテルに入って監視を続ける。友人と約束したピアノ演奏会には参加できなくなる。一夜をともにした女主人公は男の職業と氏名を確認し、ようやく別れて帯広に戻る。

女主人公は人物造形として酪農業の若い娘に相応しいとは思えないほど積極的で、出しゃばり、監視役として異常な情熱を見せる。しかし小樽ではあっさり男と別れる。そもそもなぜ題目が塩狩峠なのかもよく分からない。これまた支離滅裂である。「窓辺の娘」などほかの収録作も同様である。以前にあれほど精緻な文章を書いた同一の作家の作品とは思えないほどである。なぜこのような現象が起こったのだろうか。『病める丘』以降における原田康子の作家としての荒廃が見られる。いわゆる燃え尽き症候群ともいえようか、あるいは精神の病による乱れなのだろうか。

上記の推理小説とは方向性を異にするが、同じ意味合いをもつ作品に長編小説『満月』(1984)がある。朝日新聞社から刊行されたロマンティックなファンタジー長編小説である。概要を短く紹介する。

高校の生物教師で二六歳の女主人公田島まりは、中秋の名月の夜、愛犬セタと散歩中に豊平川に突然現れた侍の恰好をした男に出会う。事情を聞くと、男の名は杉坂小弥太、三〇〇年前の津軽藩士であるという。藩命でシャクシャインの乱平定のため、蝦夷地に派遣されたが、コタン村の占い師であるフチの呪術で札幌にタイムスリップしていた。田島まりがこの津軽藩士を祖母と二人で暮らす家に連れ帰り、数々のハプニングが起こる。三〇〇年前の江戸時代と現代の文化的な時差によるハプニングである。そうしたなか、田島まりは杉坂へ密かな思いを寄せる。しかし、杉坂の呪いが解け、三〇〇年前の元の世界に戻る期限は一年後の中秋の名月である。その間もさまざまなハプニングが起こる。そしていよいよ中秋の名月が到来し、田島まりと杉坂は豊平川で永遠に別れる。

『満月』の作品としての是非はともかく、従前の原田康子文学からすると、前述の推理小説と合わせてきわめて異色である。もちろん作品内容は陳腐である。創造性は皆無と言ってよい。挽歌四部作に慣れ親しんでいる読者はこの安易な着想の荒唐無稽な小説に驚いたであろう。様子が違うのである。なぜこのような現象が起こったのだろうか。

やや繰り返しになるが、『病める丘』以降の原田文学はほとんど荒廃しているというのが筆者の見解である。『病める丘』以降、新しい活路を見出すため時代の流行に追随し、推理小説や幻想小説を求めた結果なのであろう。しかし明らかに成功していない。部分的な素材は従前のものを再利用し、それを新しい流行の形に無理にはめ込んだ結果に過ぎない。それは本来の原田文学とは異質で、ほぼ他人のものである。同じ素材でも猟犬はペット化し、小悪魔的な女性は神経過敏の不良少女となっていく。森は遠くの背景としていたずらに存在し、動きが止まった丘と川は平板な写真と化す。以前と同じ素材の破片がちりばめられてはいるが、それが作中で機能しない。舞台が北海道である必然性も全くない。日本のどこでもよいのである。

しかしこうした努力と模索のなかで、のちに繋がるいくつの収穫があったことも事実である。そのひとつが異国情緒の取り入れである。「スペインの空」への興味である。『聖母の鏡』にみられる要素の萌芽となる。もうひとつはアイヌへの関心である。それは『星の岬』、『風の砦』を経て、一大長編小説『海霧』の重要な素材となる。アイヌへの興味と江戸時代の探求は、『海霧』における北海道開拓という自己史の基盤となっていくのである。しかしそれは晩年のことである。

第二節　『望郷』、『北の林』、『星から来た』、『日曜日の白い雲』――病の深化

『病める丘』以降、原田康子のもう一つの方向性になるのが、『望郷』、『北の林』、『星から来た』、『虹』の方向性である。これに『日曜日の白い雲』を加えてもよい。この方向性の特徴は、すでに完成した『病める丘』以降の余燼にすぎないものである。それらの作品群はいずれも「挽歌の時代」、「挽歌四部作」、『病める丘』で達成した世界観を、反復するようなものである。したがって以前の緊張感はほとんど失われている。音楽で言うと、以前のパーツを再度組み合わせた組曲というイメージになる。精神医学の言葉でいえば、一種の常同行動に近いものであろう。

こうしたことから、これらの作品には当初の生き生きとした躍動感が伴われていない。登場人物は類型化し、風景と舞台は記号化し、同一のものの再表象にすぎない。あえて比喩的にいえば、それはあたかも箱庭療法に近い。すでに決まった枠組みに構成部品を繰り返し並べかえている。

その場合、箱という枠は北海道である。構成部品の玩具は植民地北海道という喪失した記憶の断片である。そして箱庭構成の特徴的なピース（玩具）となるのが、戦争体験をもつ自堕落で浮気を重ねる夫、年齢差のある若い夫人の苦悩と不倫、錯綜する恋愛の縺れ、夫人の自殺願望、不眠と睡眠薬、離婚や離別、家出、死に場所としての北の森や湖、大雪の森林、偶然に出くわす第三の人物による僥倖としての救い、等々である。

これらのイメージと観念がさまざまな登場人物に微妙に境遇を変えて組み合わされていく。とくに若い女主人公らは一様に、結婚生活がもたらす「白い日常」の倦怠に苛まれ、あたかも抑うつ的な離人症にかかったように、やや無機質的である。音楽や美術を愛する純真な女主人公が、姦通や密通の経験を通して、これまたすでに記号化された北海道の白樺や落葉松の森林、静かな湖、荒涼とした裸木の荒地を徘徊する。その女主人公が、純粋無垢である営林署員、トラック運転手、戦闘機乗りの自衛隊員ら若い青年らの献身的な愛情によって再生を図る。しかし、その過程で行われる不倫にたいする罪責感から自死したりもする。

たとえば、『北の林』の主人公である二一歳の室井理々子は、年齢差のある夫と結婚したが、生活への倦怠と夫の重なる浮気から、雪山の森林で服毒自殺を図る。それを偶然に通りかかった営林署のトラック運転手である二二歳の稲垣光男に助けられ一命を取り止める。これがきっかけになり光男は室井理々子への愛情を深めていくが、今度は光男に思いを寄せる酌婦の浮子が自殺を図り、理々子は以前の夫婦関係がつづく現実に戻される。

もう一例の『星から来た』の基本筋は『北の林』とほぼ同じである。ある日、若い婦人がトラックが走る道路に飛び込んで自殺を図る。自殺は未遂で終わるが、若い婦人は記憶喪失になってトラック運転手の小坂哲次の家で、彼と同居することになる。小坂は婦人への思いを募らせながら婦人が記憶喪失から回復するのを恐れる。記憶が戻って夫のところに戻ることを心配している。じつは若い婦人は木材会社副社長の夫人で、名前はしま子であった。夫の浮気と日常への倦怠感から自殺を図ったのである。その動機は『北の林』とさほど変わらない。記憶を回復したしま子にはまた以前の生活が待っている。それを拒んだしま子は記憶を取り戻したあと、小樽の国道付近の崖を車を運転したまま飛び降りて自殺する。

このように、『星から来た』は『北の林』とほぼ同工異曲である。同一構造の反復である。そのためなのか、二作は長編小説であるにも拘わらず、一冊の単行本に纏められている。出版社から独自性が認められなかったのであろう。こうした反復的な傾向が『病める丘』以降に続いている。離人症、睡眠薬、年齢差のある結婚、不倫、希死観念と自殺、再生への拒否等々の反復である。

そのなかで、原田文学の特徴的な現象の一つが「再生への拒否」である。一般的に多くの小説家は再生的な、あるいは再生へのほのかな明かりを示すことを好むが、原田文学はむしろその逆である。そればかりか、意図的に再生を拒否さえしているのである。それが徹底している。こうした「再生への拒否」は、原田文学のもっとも本質的な部分で、それは希死観念とセットになる傾向がある。結婚による日常の「白いむなしさ」の倦怠感、希死観念と自殺、そして「再生への拒否」は、それがたんなる小説的な筋の問題ではなく、作家原田自身に一貫する文学的問題であったようにも思われる。『病める丘』が構造的な類似をもたらした所以でもある。これは原田文学の存在論的な意味とも深く結び付いているのかもしれない。『望郷』、『虹』『日曜日の白い雲』の基本筋もこれである。

『望郷』の女主人公前島左千子は東京の上野美術学校を卒業して釧路に戻り、四〇歳の実業家穂積東吾に出会う。父の死後、没落の一途をたどる前島家と新興実業家との結婚であったが、夫の東吾は戦場の記憶から逃れられず、自堕落な生活と複雑な不倫をくり返す。左千子は結婚生活がもたらす日常の倦怠感に耐え切れず、自身が鳥や犬のように飼われている現実への不満から、若いトラック運転手と不倫し、家庭は崩壊していく。最後に、左千子は夫の海外出張の機会に、家で飼っていたみみずくを野に放すため、雪の北の森を目指す。

以上のように、『病める丘』以降の原田文学は従前の素材を再使用したものが多く、音楽でいうと組曲や編曲、精神医学で言うと常同行動に近いものがある。世間一般で原田文学を恋愛小説、通俗小説、少女小説、あるいは北国のエキゾチックなロマン小説とみなすのも、こうした反復性によるであろう。すべては結婚から発生し、それによって日常の「白いむなしさ」が自覚され、交錯する複雑な不倫が行われ、最終的には破滅的な自殺に至る。再生は頑なに拒否される。それでは原田文学はなぜそこまで結婚と不倫と自殺の類似パターンに拘泥するのだろうか。

このような歪なパターンの反復から考えるに、原田文学における結婚はたんなる男女の結婚ではないように思われる。結婚は象徴性をもっている。筆者は、原田文学における原点である年齢差のある結婚とは、内地と北海道の結婚を象徴していると思っている。正確にいえば、植民地北海道の終焉とともに、戦後体制のなかで北海道が内地に完全に編入されたことの象徴であるという見解である。『望郷』、『北の林』、『星から来た』、『虹』、『日曜日の白い雲』の女主人公が、ほかに『挽歌』以来の多くの女主人公の結婚相手が、年齢差のある男性であることもこうした内地と北海道の歴史の隠喩と思われるのである。男性の多くは戦争体験の持ち主であることも内地性を暗示しているように思われる。女主人公に共通してみられる幼児性、小悪魔性は植民地北海道の若さを象徴しているようにも思われる。

日常の「白いむなしさ」と倦怠感とは、処女性を失った戦後北海道が内地に組み込まれ、いわば結婚した状態になっているが、そこに両者の齟齬が発生していることを指すのかもしれない。当初の思惑とは違う別の事態が発生しているのである。具体的にいうと、戦後北海道が内地の一地方になったことかもしれない。内地と対等な夫婦でないことは明らかである。そうした戦後北海道の姿が「白い日常」の正体で、日常の倦怠感の正体であるとも思われる。要するに、当初の期待は裏切られたのである。その裏切りへの報復が若い男性との不倫として発露した可能性も推測される。不倫相手である若い男性が一概に純真さ、荒々しさ、野生的な情熱の持ち主であり、北海性のイメージを持つこととも重なる。したがって、純真無垢で若い相手との一時的な不倫や交際は再生へのきっかけにもなる。

もう一つ特徴的な現象は、希死観念により自殺が図られることである。自殺とは内地との訣別の象徴になる。北海道の森林や湖、落葉松や白樺の森林で自死を図るのは原初北海道への回帰でもある。森と湖、落葉松と白樺、または道東や釧路地域は北海道の原初性の象徴でもあろう。内地性の象徴とは、年齢差のある夫、戦争記憶をもつ男、戦後開発関係の仕事をもつ夫、何人もの女性と浮気をする裕福な夫、場合によっては札幌出身の先端職業の男性等々になるかもしれない。その関係性（結婚）で妻や女性は傷つき、決別し、北海性なる森と湖を目指すのである。頑なに再生を拒否する。原初北海性なるものへの拘泥であろうか。

原田文学の反復性はこうした深層心理を基盤にしているように思われる。だから反復されるのである。北海性への回帰は自殺として表象されている。原初的な風景のなか、荒野のような風景のなかでの自死を通して、北海性への回帰が図られているのである。

こうした象徴性から考慮すると、『病める丘』以降の長いスランプはあくまでも文学作品の完成度のレベルに関するもので、原田の文学精神は『病める丘』以降も、基本的にはなにも変わらなかったようにも思われる。頑なな抵抗を続けて来たといえる。凄惨な文学思想的な戦いを続けてきたようにも思われる。風俗小説、恋愛小説、少女小説の類として安易に片づけられ、批判されるべきではない。

第三節　『虹』、『星の岬』――虹の象徴性、星の隠喩

（1）虹の象徴性――『虹』

原田康子は『病める丘』以降、日常の「白いむなしさ」から来る倦怠感や希死観念を描いた、類似した作品を多く発表しているが、そうした過程で思想的に強固になった側面が見受けられる。それが『虹』と『星の岬』である。結論から言うと、自己の中にすでに滅びた「虹」と「星」を再発見する作業を通して、である。虹と星は原初北海道の象徴である。まず『虹』の概要を簡潔に紹介する。

『虹』の二〇歳の女主人公である国分三千子は東京の美術学校の学生である。夏に釧路に帰郷し、阿寒湖が望める温泉旅館でアルバイトをしているとき、下半分が欠落した巨大で不気味な虹を目撃して不吉な予感を抱く。その予感は的中し、滞在中であった麻生文生と黒川みどりの心中事件

が起こり、麻生だけが一命を取りとめる。麻生はジャズピアニストの若い実力者で、黒川みどりは銀座のナイトクラブのホステスであった。左千子は麻生への恋情から東京に戻って麻生を支えるが、麻生には左川という「麻薬のような女」が死に神のように取りついている。麻生は復帰のコンサートを盛大に行ったあと、突然自殺する。じつはコンサートの会場でも三千子は砕ける虹の幻覚を見たのである。麻生の死後、三千子は冬の阿寒に戻ることを決心する。

『虹』の冒頭には結末を予見するような下が半分欠けた巨大な虹が登場する。この阿寒の虹の幻影は結末の麻生文生の最後のコンサート場面でも現れ、虹は粉々に砕けていく。直後、野性的な情熱の持ち主であった麻生は自殺し、麻生を自殺に追い込む「麻薬のような女」である左川はアメリカへ留学する。となると、阿寒にかかる下が半分欠けた巨大な虹とは北海性の象徴のようにも思われる。半死の状態である。麻生はその風景のなかで最初の自殺未遂を起こしている。そして虹の消滅とともに自死する。虹と麻生の一体性が感じられるのである。つまり、虹は北海性の象徴ということである。アメリカに渡る「麻薬のような女」とはアメリカ化した内地ではないだろうか。そうした例は『病める丘』のイギリスやアメリカ風の事務所と屋敷を持つ不動産屋の園部亮三や、丘の和洋折衷の古家に住む安西敦子一家の滅亡と対比されているようにも思われる。戦後風景の一側面がさり気なく取り込まれているようにも思われる。

次に指摘しておきたいのは、星の象徴性である。星は、長編小説『星から来た』、『星の岬』の題目にもなっている。

（2）星の隠喩――『星の岬』

『星の岬』とは、アイヌ語で「ノチェ・エンルム」（星の岬）と呼ばれる岬で起きた千成豊の交通事故死の真相を求め、弁護士の江本忍が女主人公の湧谷佑子と心の会話を重ねていく話である。ノチェ・エンルムはアイヌの神の故郷で、航海の座標軸になる聖なる場所である。以下に概要を紹介する。

札幌の青年弁護士江本忍は初夏のある日曜日、月寒近くで眼光の鋭い湧谷佑子に強く惹かれる。佑子は事故死を望むかのように象牙色の車を猛スピードで乗り回していた。江本は佑子が暗い過去を背負って心を閉じていることに気付き、佑子と付き合いながら、彼女の過去を調べていく。

佑子はピアニストになる夢に挫折し、十年前にオホーツク海岸の街で音楽教師をしていたが、そこで中卒の漁師である同年の千成豊に一目ぼれする。しかし千成豊は自然児のような性格で、佑子は千成豊の激しい嫉妬心を押さえるため、バイクで暴走する千成を車で追いかけたが、千成豊は星の岬（ノチェ・エンルム）のカーブで空中を飛んで落下する。死体は上らない。千成豊は消えたのである。当時の警察はこれを事故死として処理したが、佑子は殺人を犯したのではないかという罪悪感から自己を責める。この事故で教師を辞めた佑子は札幌でビルの掃除をしている。江本は以前の事故が殺人ではないことを証明しようと調査をするが、佑子は頑なに殺人だと言い張る。江本は殺人でないことを証明するため、最終的に佑子を誘い、事故現場のノチェ・エンルムを訪れるが、佑子はその事故現場がノチェ・エンルムでないと主張する。ノチェ・エンルムが存在しなければ事故も存在しないが、佑子はひたすらノチェ・エンルムが過去に存在していたことを信じてやまない。

以上が概要であるが、ノチェ・エンルムの存在の如何については最後まで明らかにされていない。佑子にとってノチェ・エンルムは確かに存在するものであったが、それが法律家である江本には存在しないことになっているのである。記憶と現実（法律）との矛盾である。

ノチェ・エンルムは湧谷佑子にとって純真無垢で少年のような千成豊と出会った場所である。そして千成豊はノチェ・エンルムの崖をバイクで飛び降りて行方不明になった。ノチェ・エンルムはアイヌの心の故郷である。原初北海道を象徴する場所でもある。いわば北極星なのである。北海道を生きる人びとに宿る原初の場所がノチェ・エンルムである。したがって、ノチェ・エンルムはたんなる場所ではなく、魂の象徴ともなる。だから「地図には名も記されていない」のである。

ノチェ・エンルムがたんなる事件現場ではなく、人間の人格が宿る抽象的なものであることは以下の江本忍と佑子の会話に如実に現れている。佑子は千成を自分が殺したと主張し、一方では自首はしないと強弁する。その矛盾をつく江本との間に次のような議論が行われる。『星の岬』のもっとも重要な場面であろう。


「あたしが法廷に立つことはないわ。警察に出頭することもありません」

「そう簡単に、きみの思いどおりにゆくかね」

「できるわ。できるようにします。ノチェ・エンルムを守るためには、あたしはどんなまねでもするわ」

　忍はきょとんとした。口をひらくまでにちょっとかかった。

「なんのために、なにから、ノチェ・エンルムを守るんだい」

「あじけのない法律用語や、うすぎたない世間の好奇心からよ。ノチェ・エンルムをさらし者にしたりはしないわ」

「ノチェ・エンルムに人格でもあるような口ぶりだね」

「あるかもしれませんね。あの日以来、あたしはノチェ・エンルムといっしょに生きてきたわ。ノチェ・エンルムはわたしの人生そのものです」

佑子は千成豊を自分が交通事故死させたと主張しながら、ノチェ・エンルムを守るために、法廷や警察や世間の目には晒したくないと言い、自首はしないと頑なに強弁を張る。矛盾である。なにより千成豊とノチェ・エンルムが一体化されている。ノチェ・エンルムは人格を持っているとも佑子は言い張る。となると、ノチェ・エンルムは千成豊の化身ということになる。だから千成豊とノチェ・エンルムは一緒に消えたのである。

ノチェ・エンルムの化身が千成豊であるならば、ノチェ・エンルムでの交通事故は実際における千成豊のバイク事故ではなく、佑子に起きたノチェ・エンルムの体現である可能性が高い。交通事故死とは、北海道の魂であるノチェ・エンルムが死んだことの隠喩にもなり得るのである。江本忍と佑子が再度ノチェ・エンルムを訪れたとき、岬はすでに整備されて休憩場所化になっていた。その事故現場を祐子は、「ここはノチェ・エンルムじゃないわ」と激しく否定するのである。ノチェ・エンルムはもうどこにもないことなる。佑子の過去の記憶の中にしか存在しないことになるのである。巧みな隠喩である。

他方、明示されてはいないが、千成豊の生まれ故郷が枝幸近くにあるという知里志別というアイヌ名の場所であることから、またノチェ・エンルムに近い場所であることから、千成豊はアイヌ人や原初北海人を表象しているようにも思われる。千成豊は二三歳の青年だが、「途中で成長がとまったような、意思の弱い」、「家出常習犯の暴走族」であり、「あばれん坊」で、「しようのない男」に設定されている。こうした千成豊の性格も原初北海人を表象しているようにも思われる。ちなみに、『星の岬』は女性雑誌『non-no』（一九七三－七五年）に連載されたが、[1]雑誌名の「ノン・ノ」とはアイヌ語に由来し、「花」の意味であるという。

『星の岬』では、千成豊が崖から落ち、佑子がそれを目撃したノチェ・エンルムという場所がいまはどこにも存在しないことになっている。ノチェ・エンルムの消滅によってノチェ・エンルムでの出会いや別れ、事件自体も無くなる。北海道の原初的な生命力は消滅したことになる。佑子だけがそれを目撃し、みずからの中に体現したことになる。だから佑子の心だけにノチェ・エンルムが存在していることになる。北海道の魂と一体化したノチェ・エンルムは決して自死したのではなく、人々によって殺害されており、その責任を佑子が引き受けたということなのだろうか。だから佑子は千成豊を自分が交通事故で殺したと強弁を張るのであろう。その死滅した魂を自己の記憶の中に留めておきたいためであろう。

このように、『星の岬』は原初北海道が消滅し、いまは不在であることを強く訴えているのである。ほかにも作品には以下のような過去の記憶が述べられている。

丘をくだる途中ふたりは虹を見た。遠くの岬のかげから海へむかってのびた虹である。日光のかげんか、それともすでに消えかけていたのか、半かけの虹であった。根元の岬のあたりの色は鮮明であったが、上方にゆくにしたがって色は薄れていた。

岬はノチェ・エンルムである。その名と、岬のむこうに千成豊の住む村があることを、佑子は千成豊からおしえられた。

『虹』の冒頭で出現した半欠けの虹が『星の岬』にも登場する。いずれも不安定で消滅しつつある虹である。虹はいまとなっては消滅した原初北海道であろう。同時に岬の丘と星（ノチェ・エンルム）も現実には存在しなくなっている。記憶のなかに存在している。これはもうひとつの原初北海道の終焉の象徴であろう。このことから、原田文学の虹や星は、『病める丘』同様、原初北海道もしくは植民地北海道の象徴であるといえる。風俗小説や恋愛小説、あるいは姦通小説とも思われる作品に、こうした象徴性が巧妙にちりばめられているのである。

他方で、こうした象徴の反復によって、またこうした反復性にたいする無理解によって、原田康子の『病める丘』以降の作品は十分に評価されないままになっている。もちろん原田康子文学の反復性や拘泥に「精神の病」性を読み取ることもできるだろう。しかしながら、そうした反復性と拘泥によって文学精神は練り上げられていく。そうした意味で、『虹』、『星の岬』は『病める丘』以降における原田康子文学の久しぶりの秀作と言ってよい。

そしてここに至ってようやく、原田康子が喪失したものの具体像が明白になってくる。『病める丘』で喪失した「角ヶ丘」は、じつはノチェ・エンルム（星の岬）であったと思われるのである。

北海道が戦後に失ったのは、北海道の原初的生命であり、魂であり、道しるべであったノチェ・エンルムだったのである。それは星の消滅である。
原田康子の文学的創造力はじつに恐ろしいものがある。

注

▼1　『星の岬』は『non-no』一九七三年一二月二〇日から一九七五年一二月二〇日にかけて掲載されたのち、集英社から一九八五年四月に単行本で刊行された。

第Ⅴ章
喪の終焉、自己史の再構築

サイロ（清水敦、著者所蔵）

原田康子の文学的軌跡は挽歌四部作、具体的には『病める丘』を頂点に衰退しているというのが本論の基本見解である。そうした流れに、『虹』、『星の岬』でみるような、いくつかの新たな感覚と独自の素材による深化が加わる。しかし挽歌四部作の同工異曲の反復から逃れることは出来なかったと思っている。そうした流れにようやく変化をもたらしたのが『聖母の鏡』と最晩年の『海霧』である。

『聖母の鏡』の連載は、阪神淡路大震災と同年である一九九五年四月から始まり、翌年一〇月まで続いた。『病める丘』の完成が一九五九年五月であることを考えると、その間にほぼ三五年の間隔がある。作家の年齢は三一歳から六七歳になっていた。

この三五年の間、原田康子は「挽歌四部作」、『病める丘』の主題とテーマを固守してきたといえる。喪失したものへの拘泥と嘆きであった。成長への頑なな拒否であった。喪失したものは旧時代のロマンで、拒否する成熟とは北海道の戦後的秩序である。三五年以上もそうした文学的な抵抗を続けたことに原田文学の意義があるのかもしれない。別の感覚で言うと、いわゆる喪の期間が異常なほど長いということになる。そのため、新たな成熟は遅れ、成熟を促す癒しもなかなか到来しないのである。癒しの訪れとは喪の終焉でもある。

しかしここでやや注意を要するのは、文学的創造とはもともとある種の病的な性質をもっている、ということである。原田は『聖母の鏡』で、絵画的才能を失った純が、みずからを「ミューズ」が去った後の姿に喩えているが、「ミューズ」とはいわば「病性」でもある。「ミューズ」の去った純は破廉恥で狡猾な人間になるが、同様のことは作家の創作においても起こるのである。安易な癒しに至る健常性は、創作行為ではないのである。原田康子が喪失の記憶を反復的に語るのは安易な成熟という偽装が創作の破綻を招くことを避けたかったからかもしれない。しかしそれを続けることは厳しい。いずれ成熟の芽生えを用意しなければならない。

喩えを変える。筆者は、村上春樹文学の『アンダーグラウンド』以降の作品を、井戸へ降りた以前の記憶の経験を書いたものとして批判したことがある。周知のように、村上春樹文学は作家自身が、井戸に喩えられる自己の深層心理へ降り、そこで手に入れた自我の一部を地上世界に持ち帰る行為であると述べている。しかし井戸に降りる行為は危険である。それを繰り返すのはさらに精神的に危険な行為である。膨大な体力と精神力を要求するからである。そうなると、作家は毎回井戸に降りるのではなく、以前に降りた時の古い記憶をアレンジして新たな物語を作る。これは箱庭的なアレンジである。物語はいま井戸から引き揚げたばかりの新鮮なものではない。これは作家個人における創作の限界でもあるので致し方がないのかもしれない。

　こうした村上春樹的な創作の図式を原田文学に当てはめれば、原田自身が井戸に降りていた時期が「挽歌の時代」である。それ以降は余燼である。井戸に降りた過去の体験をアレンジして書いた期間であり、それが『聖母の鏡』『海霧』まで続いたという認識である。それを『聖母の鏡』の純の言葉でいうと、原田文学に「ミューズ」が付いていた時期が「挽歌の時代」になる。その余燼と反復がようやく収まり、自己の修復を図ったのが『聖母の鏡』、『海霧』であると思われる。病理学的にいうと寛解になる。

　しかし新たな創造のためには以前の「挽歌の時代」を終焉させる必要がある。その方法が「自己史の再構築」であろう。自己の人生をもう一度原点に戻して再解釈する作業である。『聖母の鏡』、『海霧』は作家原田康子にとって、原田康子文学にとって、原点復帰の「自己史の再構築」の意味合いをもつ作品である。この両作が以前の原田康子が奏でた旋律とは全く異なるのは、こうした理由によるであろう。それが作家にとっての文学的な救いであろう。成熟の兆しがようやく到来したのである。そうした意味で、『聖母の鏡』、『海霧』は「挽歌四部作」の終焉でもあるといえる。『聖母の鏡』をもって原田康子の「挽歌の時代」はようやく終息するのである。

第一節　『聖母の鏡』――自我像の鏡化、再生への芽生え

「挽歌の時代」、あるいは『挽歌』自体もそうであるが、その最大の特徴は主人公の希死観念である。メランコリーである。現実の否定であり、明けない喪に譬えることもできる。しかし時間とともに喪失感は癒されていく。『病める丘』から三五年後の『聖母の鏡』に至ってようやく喪が明けたのである。以下、『聖母の鏡』の概要を紹介する。

札幌在住で五九歳の能戸顕子は暖かい南国での自死を望み、スペインを訪れ、南アンダルシア地方のロサーレス村にたどり着く。街中でバッグを盗まれそうになるが、五五歳のミゲル・ゴンサレスというスペイン人に助けられる。ゴンサレスは顕子をオリーブ畑のある、自分の故郷の農園へ招待する。ゴンサレスはバルセロナで国際郵便のトラック運転手をしていたが、九年前、長年連れ添った妻イネスが突然家出をし、深い衝撃を受けて故郷に戻っていたのである。顕子はゴンサレスの境遇に共感し、ゴンサレスの住む村を訪れるが、そこで「聖母の鏡」と呼ばれる湧水池に出会う。顕子は「聖母の鏡」に酷く感動する。じつは顕子の故郷は釧路で、釧路湿原には「聖母の鏡」に似ているヤチマナコという深い池があり、顕子はそれにまつわる深い傷を負っていた。

海運業者の富裕な家庭に生まれた顕子は、二八歳のとき、外科医として釧路に赴任した小早川和彦と恋愛結婚をしていた。結婚生活は順調で、顕子はまもなく妊娠したが、日常への倦怠感と虚栄心から夫には嘘をつき、掻爬手術を受けて子を流産させる。以前に才能を褒められたピアノを再開するためでもあった。ピアノ教室が縁になって顕子は能戸純という芸大出身の美術専攻の青年に出会う。二三歳の能戸純の積極的なアプローチに顕子が引きずられるように家出をし、札幌で純と同棲する。深く傷ついた夫和彦はやむなく顕子と離婚し、まもなく再婚する。しかし和彦は子どもが生まれる直前に湿原のヤチマナコで自死としか思えない事故死を遂げる。ヤチマナコは和彦と顕子の思い出の場所だったのである。他方、五歳下の純と結婚した顕子は純の変貌ぶりや不倫に傷つき、結婚生活に絶望していた。離婚はままならず、故郷の釧路にも戻れず、ひたすら自死を願う。暖かい南国で死にたいという一念で耐えてきた顕子はようやく日本での生活を清算し、自死するためスペインを訪れることになった。そこで出会ったのが同じ境遇のゴンサレスである。ヤチマナコを思わせる「聖母の鏡」という生命の泉の発見であった。

顕子の希死観念はミゲル・ゴンサレスとの出会いによって癒されていく。生きる喜びを徐々に感じていく。ミゲル・ゴンサレスへの愛情とともに釧路への愛着も深めていく。しかしゴンサレスはすでに病にかかっている。そこで顕子は『聖母の鏡』に向かって「ミゲルをお護りください。いましばらく、わたしとミゲルに平安な日々をおあたえください」と祈りを捧げる。

(1) ヤチマナコ、無意識(イド)、深層心理

『聖母の鏡』においてもっとも重要な役割をし、物語の核心をなすものは二つの泉である。その起点になるのが釧路湿原のヤチマナコである。主人公顕子は少女の頃、父の釣りに連れられ、「ヤチマナコがあるからな、落っこちたら助からんぞ」とよく言われていた。しかし、ヤチマナコへの異様な好奇心から顕子は一人で湿原を歩き回り、ヤチマナコとバッタリ遭遇する。

小さな沼だった。直径は三メートルほどのものであったろうか。沼というよりは、水をたたえた穴ぼこのようだった。水際のヨシが水中に倒れこんでいたが、水草の切れはしも見あたらなかった。霧のせいか水面は灰色にかげって、巨人の盲いた目のようだった。白い巨人の、虚空のように静まったまなこである。

顕子が九歳のとき、ヤチマナコと最初に遭遇した場面である。一度そこに落ちれば助からないというヤチマナコの姿は、「白い巨人」の「盲いた目」のような「静まったまなこ」であった。「盲いた目」「まなこ」とは、おそらく顕子自身の自我、潜在意識、無意識の姿であろう。フロイトのイド(id)、村上春樹の井戸との遭遇である。それが「静まった」「白い巨人」であることは

原田文学で頻出する日常の「白いむなしさ」とも相通じる。

繰り返し述べているが、原田文学における数々の乱脈をきわめる不倫、自殺願望と自死はこの「白い日常」が原因になっている。つまり、「白い巨人の盲いて静まったまなこ」との遭遇が原田文学の基底をなすともいえる。それでは「白い巨人の盲いて静まったまなこ」の隠喩の実体は何で、何を象徴しているのであろう。その実体が重要である。

筆者はこの実体を、当時一般に恐れられていた早期性痴呆症であると推測している。当時は分裂症、今日においては統合失調症と呼ばれる精神の病である。こうした精神の病との遭遇が原田文学の「白い日常」による「倦怠感」、「希死観念」、「離人症」で悩む若い女主人公を多く造り上げた原点であったと思われる。原田文学が、精神病理学でいう常同行動のように、また箱庭療法における砂場と玩具で構成された庭のように、類似的な反復を繰り返しているのはこうした背景によるであろう。病跡学でいう症例である。だから反復性をもつのである。だからこそ、時代の病理現象を凝縮する想像力を持っているのである。そうした一例は村上春樹文学でよく見られる。[1]くり返し井戸へ降りるのである。

もうひとつはヤチマナコの象徴性である。それはこの精神の病の素因とも関係する植民地北海道の喪失体験である。少女期の原田康子が経験した家の没落、激しい街の変化、世相の倫理や価値観の転倒をもたらした敗戦である。植民地北海道の崩壊を招来した敗戦が病のすべての素因を作り、植民地北海道の原型が深層心理化したのがヤチマナコである可能性がある。一般にいう傷痕である。その傷痕をつくっているのは植民地北海道の終焉である。植民地北海道の終焉という深層記憶がヤチマナコであるともいえる。だからヤチマナコのまなこが「盲いた」状態なのである。原田文学で多く登場する剥製化とも相通じる。植民地北海道の記憶を内面に閉じ込め、いわば剥製化した状態で持ち続ける行為と心理が主人公顕子にとってのヤチマナコの正体にもなる。原田文学のほとんどの女主人公に見られる幼稚性、成長と成熟の拒否もこうした隠喩化されたヤチマナコの記憶がもたらした現象であろう。

（2）ヤチマナコという象徴、記憶の風化

ヤチマナコが病理の隠喩であり、その病理が植民地北海道の喪失に起因するならば、またヤチマナコがいまは失われた内面の奥深く閉じこめられた植民地北海道の心象の記憶であるならば、それは『聖母の鏡』の解釈にも大きく影響するであろう。というのは、最初の夫である小早川和彦の職業が医師であり、顕子へ変わらぬ愛を持ち、ヤチマナコの記憶を共有したが、最後に湿原で死んだのはたんなる偶然ではないように思われるからである。医師小早川の自死のあと、顕子は自己の軽率な行動からすべてを喪失する。自己の軽率と浮気によって医師による治療が不可能な状態になってしまったのである。

他方、二番目の夫で五歳年下の能戸は美大出身の美術商であり、顕子の経済力を利用して財産を増やし、不倫を日常的に繰り返し、家庭を崩壊状態に導いている。しかし自己の利益を得るため離婚には同意しない。こうした夫婦の破滅的な状況から顕子は自死を望み続け、自死の準備と離婚手続きを同時に進める。夫との完全なる断絶を目指す。

ヤチマナコと顕子の異様な結びつきは他にも随所に見られる。小早川の失踪に、顕子は小早川の自死を予感し、真っ直ぐにヤチマナコへ向かう。その場所で父親が、顕子の到来を予見して待っている。顕子、父親、医師の小早川が無意識にヤチマナコとの親和的な関係を共有している。さらに顕子は小早川の自死と同じく湿原での自殺を図り、失敗した後もヤチマナコで死にたいと願い続けている。無意識、あるいは原型を共有していたのである。

湿原で死にたいとは、雪裡川に身を投げそこなった直後から心底に生じた渇望である。渇望は願望となり、願望から憧憬へとかわりはしたが、顕子は十年の余も枯ヨシの密生した湿原に心をひかれてすごしたのである。

しかし、釧路湿原が宅地化され、湿原展望台が建ち、湿原が観光地化されるにしたがって顕子は釧路湿原での自死を諦める。以前の記憶に残った湿原と現在の死に場所としての湿原に、大きな相違が発生したからである。

顕子の記憶に残る湿原は、水面が灰色によどんでおり、薄霧のなか、太陽の光でヤチマナコだけが瑠璃色に輝いていた。このヤチマナコの心象は現実の死に場所から徐々に心中の死に場所へと変化していく。時間による記憶の浄化作業が起こったのである。記憶のヤチマナコは時間とともに浄化され、透明化され、今となっては、アンダルシアの「聖母の鏡」の泉水のように清く輝いているのである。


顕子は、ひとりですごす時間が多かったから、絶えずヤチマナコを見ていたといってもよい。ヤチマナコは年ごとに輝やきをまし、湿原全体がほのかな光沢を放っているようによみがえる折もあった。

アンダルシアの村の泉を目にして立ちすくんだのは、ヤチマナコと見まちがえたからである。故国にいたときは、つねに遠くにあったヤチマナコが、ふいに眼前に出現したようであった。

ヤチマナコの記憶が時間とともに風化され、浄化され、目前のアンダルシアの「聖母の鏡」と一体化していた。淀んだ水をたたえ、霧のなかであたかも巨人の盲いたまなこのようであったヤチマナコが、いまは「聖母の鏡」の泉水のように澄みきった状態になっていたのである。淀んだ記憶が綺麗に浄化されていたのである。顕子がミゲル・ゴンサレスに惹かれ、ロサーレス村での滞在を伸ばし、希死観念から徐々に回復していくのはこうした二つの泉の一体化によるものであった。「聖母の鏡」はイネスに逃げられ、母を失ったミゲル・ゴンサレスの象徴でもある。ミゲル・ゴンサレスとの出会いによって顕子の傷痕は癒されるのである。傷痕の浄化作用ともいえる。

（3）記憶と病、個人史の再構築

『聖母の鏡』の顕子は終始希死観念に捉われている。精神を病んでいる。ヤチマナコ体験が病の素因である。ヤチマナコと最初に接したのが九歳時で、それが酷い症状となったのが結婚四年目の二八歳の時であろう。小早川との離婚、能戸との再婚、そして小早川の死によってヤチマナコでの希死観念は顕在化し、その症状は五九歳の現在まで続いている。スペイン旅行は自死のためであったが、同じ境遇のミゲル・ゴンサレスとの交流によって、「聖母の鏡」とヤチマナコの一体性を感じることによって、精神の病は治癒され、本来の自己を取り戻していく。顕子はゴンザレスや「聖母の鏡」を通して自己の鏡像（reflection）の修正を行っている。精神病理学でいう「個人史の再構築」（reconstruction of personal history）という治療法である。▼2 患者自らが過去の問題発生地点に遡り、自己史を再構成、再構築していく方法である。記憶の整理作業を通して病の原因を是正していくのである。

顕子とミゲルの交流は相互における過去史の再構築作業となったであろう。この作業を通して顕子は病の根源としての故郷観念を再構築し、北海道と釧路を再発見する。病の根源が北海道と内地との関係にあることに気づく。自我に侵入している他者の発見であった。それへの批判は厳しい。

あの国は、おかしくなってしまったにちがいない。世捨て人のように暮していた顕子も、あの国のかわりように気づいていた。純がかわったように、あの国もかわった。あるいは、あの国の歩調に合わせて純も醜悪になった。顕子にとって故国は、「あの国」と呼ぶほかはない存在にかかわっていた。

顕子は内地と切り離された場所に自己のアイデンティティを発見する。病の根源は北海道ではなく、「あの国」や「あの国」との関わりのなかで発生したことに気づいていく。またオリーブ畑の風景から、「ぼくは、エスパニョールであるまえに、アンダルースです」と断言するミゲル親子の姿に、顕子は父と自己の姿を重ねながら、次のような認識に到達する。

このとき、目前の眺めとは対照的な風景が、顕子の目に浮かんだ。乳色の霧が這う広大な湿原である。

もしかすると、顕子は「あの国」の女ではないのかもしれない。北海道という植民地にひとしい土地のはずれが顕子の故郷だった。本州のひとから見れば、釧路地方は異郷そのものであろう。故郷はあっても故国はない……。故郷は、ちょうど海霧のシーズンである。顕子は、ひさしぶりに海沿いの丘陵にある本吉家の墓所を思いだした。


顕子は「北海道という植民地にひとしい土地」に自己の病の根源を見出す。顕子の病の根源が「あの国」にあることを自覚するのである。「あの国」とは内地のことで、いわば内地性であろう。こうした顕子の認識の根底には、本来あるべき、あるいはあったはずの国の喪失が前提としてある。

ここで『挽歌』の実体がはっきりしてくるのである。『挽歌』は「あの国」の登場によって滅びたもうひとつの国、いわば植民地北海道を悼む歌であったことが分かるのである。戦後体制によって死滅した戦前的な北海道の姿であろうか。これは極めて重要な認識で、原田康子文学の根幹をなすものといえよう。それが暗喩的に、『聖母の鏡』の顕子の口を借りて述べられているのである。『挽歌』や『病める丘』が個人や一家ではなく、北海道の運命を弔う歌であることが、作者六九歳の時点でようやく明らかにされる。『聖母の鏡』の顕子と作者原田康子の年齢に近い五九歳であることはただの偶然でないだろう。

要するに、『聖母の鏡』は希死観念に捉われた女主人公顕子の癒しと再生だけではなく、原田康子自身による自己の文学の救済を図る作品でもあったと思われる。物語と自己における「個人史の再構築」(reconstruction of personal history) を図ったのである。作品中で顕子がゴンサレスに自己の過去を「できるかぎり客観的に、あたかも他者の出来事であるかのように」語ったのはまさに「個人史の再構築」の行為であろう。こうした個人史の再構築作業を通して顕子は癒され、再出発に向かうのである。『廃園』以来の長く続いた希死観念も、その隠喩である北国のエキゾチシズムもようやく終焉するのである。癒しの到来で原田文学の根源がもつ緊張が解消されていくのである。

七四歳で発表された原田文学の最後の長編『海霧』は「個人史の再構築」を冷静なレアリズム的な文体で見つめ直す作品と思われる。それは精神の病の苦しみから回復し、ようやく過去の自己の姿を振り返る行為に近いかもしれない。しかし文学的創造性は精神の病のなかに宿っており、癒しには創造性が宿らない。癒やされると、以前のような創造的な音楽を奏でることができなくなる。文学世界における癒しがもつ陥穽である。作家は癒しの到来とともに創造性を失うのである。

第二節『海霧』——過去記憶、原点回帰、癒しの到来

『海霧』は原田康子最晩年の大作と言われているが、従前の原田文学からすると、異質な作品である。吉川英治文学賞を受賞し、一般に原田康子文学の総決算というような高い評価を受けているが、以前の原田文学から逸脱しているので、少なくとも原田文学においての総決算にはならないかもしれない。作家論的な意味での総決算にはなるかもしれない。

『海霧』は私小説に基盤をおいている。そのため、従来の原田文学の幻想性、比喩性、暗示性は排除され、原田康子自身の家族史が述べられ、それが日本の近代史と重ねられているので、いわば歴史小説の範疇に入る。『海霧』の意義は、それが「個人史の再構築」(reconstruction of personal history)という側面で書かれたことである。それには作家論的な意義がより大きいかもしれない。

作家論的な意義は、『海霧』が作家の自己の病の癒しのために書かれたことである。なぜ原田

文学が異様な展開を続けてきたのか、異様なほどの執念を最後まで持ち続けたのか、それを作家個人の視点で覗くことができているのである。「個人史の再構築」の過程を通して、図らずも原田康子文学の本質が露出しているからである。原田康子文学の異様な拘泥の謎が解けていくのである。

日本文学研究には間違った美談のようなものがあり、作家は死ぬまで成長を続け、最晩年の作品を傑作や総決算と評価する傾向が強い。しかし現実は必ずしもそうではない。たとえば、原田康子最晩年の短編集『蠟涙』の諸作は短編小説というより身辺雑記風のエッセイに過ぎない。身辺雑記や過去の記憶が回想的に述べられており、小説的な緊張感は全く感じられない。衰えた、衰残の老作家の姿がそこにある。文学的出発期において「私小説は書きたくない」と抱負を述べていたが、最晩年の『蠟涙』の諸作は典型的な私小説でもある。ここに作家の創造力を探すのは難しいかもしれない。

作家は当然ながら、老い、創作力もおのずと減退していく。しかし近代作家は原稿依頼があれば、あるいは本能的に書いてしまうのである。それで大概の作家が自己の創作力の減退を読者に晒すことになる。いたずらに東洋的な調和を装い、身辺雑記を通して高尚な精神性を語り、記憶を美談として改竄したりする。老衰も病の一種に分類すれば、それもまた「個人史の再構築」(reconstruction of personal history)の作業になるのかもしれない。老いた小説家が創作的なフィクシヨンを捨て、告白的な文章を好むのはこうした理由があるのであろう。

ここで一例を紹介しよう。日本を代表する精神医学者である中井久夫の言葉である。中井久夫は『最終講義』の「あとがき」で、「六〇歳を過ぎてからの考えには、それまでの仕事を裏切るだけのことが多いというのは科学史の冷厳な事実である」としながら、「今までの発言と矛盾するところが万一あるとすれば、以前のほうが正しいことが大いにありうる」という珍しい遺言のようなものを残している。[3] 老いた自己がその場かぎりの癒しを求め、自己の記憶と個人史を美しく改竄する可能性に警鐘を鳴しているのである。卓見である。

中井久夫の指摘は作家を論じる時には重要である。作家を理解するときには作家が語る記憶の真偽は重要ではない。重要なのは真偽の前提にある記憶の存在自体である。語る記憶の在処を通して文学作品を再度理解できるからである。重要なのは記憶の内容や真偽ではなく、それを語る方法と所在である。

『海霧』を理解するにはこうした個人史の再構築とそれに介在する記憶の在処やそれを語る方法をよく理解する必要がある。なぜ原田康子は、晩年になって以前とは全く違うリアリズム的な文体で歴史小説を書いたのだろうか。それは記憶の再構築による癒しと深く関係しているのである。

『海霧』は原田文学で最大の長編だが、以下にあらすじを紹介する。

『海霧』は、原田康子の祖先と思われる三代にわたる一家の変転と北海道開拓の歴史を描いた作品である。時代は江戸末期で、佐賀藩在住の平出幸吉の話から始まる。

貧しい町人出身の平出幸吉は一四歳から佐賀藩領内の炭山で働いていたが、釧路国の炭田開発の移民先遣隊として蝦夷地に派遣され、箱館に下船する。しかしちょうど幕藩体制が崩壊し、箱館の田之倉商店に勤めていた幸吉はそこで女中奉公をしていたさよと結婚する。幸吉は海産物問屋であった田之倉商店の商用で久寿里（釧路）を度々訪れ、釧路在住の和人やアイヌ先住民の信頼を得る。やがて釧路で平出商店を開き、本格的な事業に着手する。釧路で長女リツと次女ルイが生まれる。

長女リツは男勝りの性格で馬が大好きである。馬を飼い、馬で茫々と広がる釧路の荒野を疾走する。アイヌ人モンヌカルとも親密に交流し、周囲の目をはばからない自由人であった。大地の化身のような女性である。しかし父親幸吉の命で秋田から移住した神部修二郎と養子縁組され、娘千鶴を生み落として病死する。一方、次女ルイは修二郎の弟啓三郎と結婚する。平出家の姉妹が神部修二郎と神部啓三郎兄弟と結婚し、男二人は平出家の養子となる。原田作品に見られる錯綜する結婚と恋愛関係はこうした家族史の反映であろう。

他方、幸吉は長女リツの死後、隠居し、平出商店は養子修二郎に相続される。修二郎は事業を拡大展開するが、一方では米町の本宅を離れて愛人を囲って別居する。その修二郎もまもなく病死し、家督は次女ルイの夫で修二郎の弟でもある啓三郎に渡る。しかし平出家の血筋をもつ次女ルイは呉服店の番頭と出奔してしまう。平出の家財は血縁関係のない啓三郎に渡り、義母のさよは孫の千鶴とともに東京東中野にある支店で暮らす。千鶴は成長して女子大に入るが、途中で学業を諦め、支店の責任者である井沢末治と結婚する。千鶴は結婚翌年の昭和三年一月に長女を産み、翌年に次女を産み、その翌年に三女を妊娠する。さよの曽孫たちである。ほぼ同じ時期に釧路の平出商店は倒産する。さよと千鶴は東京を捨て、二人の孫娘を連れて再度釧路を目指す。そして作品は釧路駅に着く二時間前の、ちょうど列車がトンネルから霧の海に出た時に終わる。『海霧』で、昭和三年一月生まれの、小説では名前も付けられていないが、数え年三歳になる女の子が作者原田節子の分身である。作者の分身の釧路着で小説は終わる。

（1）個人史の再構築、回帰

『海霧』は結末から逆の順序で理解した方が分かりやすい。おそらく意図的に逆算方式で描かれていると思われる。原田康子の分身と思われる千鶴の長女は、作中ではまだ名前さえ付けられていない。唯一の会話が北海道釧路に向かう青函連絡船上での曾祖母との短い会話である。玉子焼きを勧める曾祖母に千鶴の長女は「おなかすかない」と短く答えている。それ以外の特徴や描写は一切省かれている。四代にわたる長き家族史でもある小説は長女の釧路入りの前、トンネルを抜けてようやく釧路地域に入った瞬間に終わっているのである。個人史の再構築の中心的な内容になるはずの「自己」が一切描かれていないのである。自己の釧路での生活、あるいは自分史はこれからスタートする。なぜだろう。

その答えは明確である。じつは原田文学における個人史はすでに原田文学で書かれているからである。成長過程は『聖母の鏡』や初期小説、挽歌四部作、『挽歌』以来の多くの作品の中に投影されていたからである。釧路での個人史を探る作業は原田文学の総体的な反復であり、同一のものとなる。不要なのである。むしろ原田文学における個人史の再構築は原田文学を形成する釧路以前の過去の中で模索される必要があったのである。

ここで注意しなければならないことは、個人史の再構築は二つに分けて考える必要がある。原田康子という個人としての自己史の再構築である。それは原田康子の自己救済の問題になる。もうひとつは原田文学における個人史の再構築である。『海霧』が原田康子の分身である千鶴の釧路入りの手前で終わるのは原田文学を形成する個人史はここで終了するからであろう。あとはすでに書いた原田康子の文学作品にバトンタッチされるのである。『海霧』は隠された原田文学の過去を再構築していく作業でもある。この作業によって原田文学の要素である、小悪魔的な女性、交錯する恋愛関係、原始北海道への思い、没落する一家、出奔と自死等々の謎がようやく解けるのである。いわば『海霧』は原田文学の謎を解くカギなのである。『海霧』自体が原田文学の主なる本体ではない。原田文学の世界は『病める丘』で完成され、『聖母の鏡』で終了したというのが筆者の見解である。この二作が主要な柱となっていると言ってよい。
したがって、『海霧』は原田文学の別の側面から理解する必要があると思っている。

（2）文学の癒し、作家の癒し、終焉の終焉

『海霧』が原田文学で異質なものになったのはいかなる理由からであろうか。それは前述したように、二つの理由がある。一つは個人的な自己史再構築による癒しになっているからである。もう一つは文学的な再構築を行っているからである。文学的な側面については前述した。残るのは個人史的な自己の再構築であるが、この二つはかならずしも分離されるのではない。原田文学のもつ創造性は原田個人の創造性の反映でもあるからである。創造性は個人の「病性」(精神の病的な性質)でもある。

原田文学の「病性」はデビュー作の『挽歌』以来続いており、これは作家個人においても同様の状態であったと思われる。作家個人の「病性」によって、またその深化によって、作品はそれに連動するような傾向を示す。『病める丘』以降、原田文学は自殺、希死観念に捉われる北国の女性を主人公とする、類似する作品を多く書いた。筆者がそれを病による常同行動にたとえたのは、文学的な「病性」と作家の「病性」が全く別のものではないと思うからである。作品世界以上に、作家は生身の人間として自己救済を試みる。その自己救済を文学上(小説上)において求め

るのである。文学上において自己史を再構築するのである。そうした小説的作業の完成形が『聖母の鏡』であろう。ここに至り原田は初めて自己の「病性」を文学的に表現し、それをスペイン人の男に語る行為を通して、記憶の再構築をおこなったのである。女主人公はようやく過去の記憶がもたらす希死観念から解放される。原田文学に初めて癒しが到来する。しかしこれは作家にも到来するのである。作家としての原田康子にも救いと癒しが到来するのである。

　しかしきわめて皮肉なことだが、作家における癒しの到来は小説家としての創作能力の喪失を意味する。作家に訪れる癒しはその作家の文学世界の終焉を意味する。これは創作行為がもつ「病性」によるものである。『海霧』が全く異質な作品になったのは、『聖母の鏡』によってようやく癒された作家原田康子が、もう以前のような小説が書けなくなったことを意味する。だから、家族史に基づいた歴史小説『海霧』を書くことになったのである。癒しがもたらす陥穽である。のちの『蠟涙』の諸短編が平凡な私小説風のエッセイのようなものになった所以である。登場人物の躍動性が失われ、枯れた心境が無節制に晒されているにすぎない。

　『海霧』は原田康子の最晩年の大作ということで吉川英治文学賞を受賞し、作家の最終的な到達地点のように評価されるところもあるが、筆者はそうした評価に部分的にしか賛同しない。北海道の開拓を扱った長編小説は、久保栄『火山灰地』（一九三八年）、本庄陸男『石狩川』（一九三九年）、船山馨『石狩平野』（一九六七年）等々の、原田康子に先行する達成が多くある。もちろん『海霧』

もこれらの小説に匹敵する道東版の作品になり得るが、『海霧』の真の価値はそれとは別のところにある。その価値を比喩的に言うと、原田文学の多くの緯糸のなか、唯一、縦糸の役割を果たしているところにあると思っている。原田康子が造り上げた多くの喪失の物語の背景として、素材の源として、原田文学を系列的に理解するカギになっているからである。さらに北海道の大きな喪失の実体を示すと同時に、北海道の再生の芽生えを示しているところに真の意義があると思っている。

『海霧』が作家の分身である千鶴の長女（数え年三歳）の釧路入りで終わるのは、原田自身や原田文学の再生への期待とともに、北海道の再生への願いが込められているからだとも思われる。昭和初期の原点復帰から新たなスタートを切ることになる。ラカンの言う鏡像段階への回帰である。長い原田文学は再び出発地点に戻っているのである。それは同時に、「終焉の文学」としての原田康子文学の本当の終焉であると言うこともできる。

注

▼1　筆者は拙著『村上春樹　精神の病と癒し』において「めくらやなぎと眠る女」の分析に風景構成法を利用したので、参照されたい。

▼2　サミュエル・ノヴィが提唱した治療法である。Samuel Novey, *The Second Look: The Reconstruction of Personal History in Psychiatry and Psychoanalysis*, Johns Hopkins Press, Baltimore, 1968.

▼3　中井久夫『最終講義——分裂病私見』（みすず書房、一九九八年）の「あとがき」。

終章
喪の文学、北海道文学の始源

百年記念塔（はがき、著者所蔵）

原田康子の文学を総じていえば、「喪失の文学」ということに尽きる。喪の文学、対象喪失の悲哀の文学である。喪とは人が愛着や依存の対象を喪失した時に生ずる心的過程である。失った対象から次第に離脱し、心の癒しと新たな成熟をめざす心的過程が喪の役割でもある。

フロイトによれば、対象喪失とは、自己愛の対象を失う体験であるという。その過程で対象への罪悪感や悔やみ、償い、怒り等々の不安な心理によって対象への愛と憎しみの心的アンビヴァランスがもたらされる。[1] これらの感情を統合し、対象への思慕と拘泥の心的アンビヴァランスから離脱していく。これが喪の働きである。これに対し、自己と対象が未分化の場合は、対象喪失はそのまま自己の喪失になり、喪の仕事のプロレスが順調に進まず、メランコリー（病的抑うつ）に陥るとされる。

原田文学の基底にはこうしたメランコリーがある。個人的にも文学的にも原田康子をもっともよく知り得る立場にあった鳥居省三が、原田文学をメランコリーの側面から解釈したのはこうした理由からである。じじつ、原田文学の登場人物には「憂鬱」、「物憂げ」、「懶さ」と言ったような形容詞が多く使われるが、おそらくこれらは原田文学において最も頻度の高い言葉であろう。付言すれば、原田文学のメランコリーは初期習作期作品から登場し、挽歌四部作でピークに達し、それが『聖母の鏡』でようやく終息したというのが筆者の認識である。『海霧』は、原田文学におけるメランコリーの足跡をはじめて自ら客観的にたどる行為であったと思っている。それは作家原田康子にとっては文学的な癒しとなる。『海霧』が原田文学のなかでやや異質なのはこうした生成過程、生成目的の相違からであろう。

　それでは原田文学はいったいなにを、いかなる対象を喪失したのか、である。それは二つある。失ったもののひとつは、表面的なものだが、原田一家の繁栄、栄華である。戦前と戦後における原田家の経済的な没落が文学に向かう理由になるであろう。もうひとつは植民地北海道の喪失である。植民地北海道の喪失は原田一家の繁栄の喪失と連動する。これは文学的な喪失である。そして原田文学は作家的かつ文学的な喪失を女主人公のメランコリー（病的抑うつ）を借り、しつこく描いている。戦後北海道と容易に妥協できなかったと推測される。喪失以前の植民地北海道の原始性を、曽祖父や祖父の開拓精神、草原を駆けめぐって二六歳で若死にした祖母の野性に求めたように思われる。植民地北海道への無限の愛情と戦後北海道への嫌悪から抜けられなかったように思われる。その点、旧北海道に殉じたともいえる。

（1）二つの比喩、対象喪失

ここでは二つの比喩を使って原田文学における喪失を説明したい。

ひとつは、原因と結果の順序に関する問題である。たとえば、ここで何かを失くしたとする。しかしそれがなにであるかは分からない。しかしなにかを失くしたことは明確である。なにかを紛失した認識によって紛失した中身がなにであるかを後で気づく。原田文学を理解するにはこの逆転の感覚が有効である。原田文学は喪失を盛んに歌った。挽歌がひっきりなしに歌われている。しかしそれがだれの挽歌で、いったいなにを喪失したのかははっきりしない。おそらく作家自身も気づいていない可能性がある。果てしない喪の行為が続く。しかし、ある日突然、喪が明けたとき、だれが死んだのか、ようやく気付くのである。植民地北海道が死んでいたのである。それを死に至らしめたのは、『聖母の鏡』によると「あの国」になる。内地である。戦後日本である。果てしなく長かった挽歌の正体がようやく明らかになる。

もうひとつ、別の比喩を用いる。原田文学のよい理解者である吉行淳之介は、原田康子と有吉佐和子を比べながら、宝石の山で有吉佐和子は「ダイヤモンドでも水晶でもあるいは石ころでも何でもかまわずポケットに詰め込んで帰ってくる」が、「原田さんは自分の一番気に入った宝石を一つだけ拾って戻ってくる」という指摘をしている。[▼2] この比喩は見事である。吉行の譬えを補足するかたちで、原田文学の全体を俯瞰できる現在という歴史的利点を利用し、筆者はここで別の譬えを追加したい。

少女の部屋の綺麗で透明な窓ガラスが、ある日突然、バラバラに割れて床に散らばっている。当惑した少女は、わけも分からず、ひとまず鋭利なガラスの破片を手持ちの透明なセロハンテープで必死につなぎ合わせる。ガラスはようやく以前の形状を取りもどしたが、そこには以前の透明性などはない。その時、少女は壊れたものが窓の透明なガラスであったことに初めて気づく。誰かが窓ガラスに石を投げて壊したことにも気づくのである。少女の住む部屋の透明な窓ガラスは植民地北海道である。粉々になったガラスの破片の修復作業は原田康子の文学行為である。飛来した礫は戦後の内地資本とでも言えようか。「誰か」とは内地である。喪の行為によって、挽歌をひたすら歌うことによって、喪失の対象が後から発見されることの譬えである。その図式は北海道文学を定義する時にも当てはまる。

（2）北海道文学の方向性、課題

北海道文学の定義はいまだ定まっていない。それを最初に試みたのは和田謹吾『風土のなかの文学』であった。[3] 風土のなかに北海道文学のアイデンティティを模索するという試みであった。しかし風土は概念が曖昧で、その境界は模糊としていて、実際の個別の作家や個別作品になると、その分類は混とんとしていく。和田謹吾は四つ分類軸を設け、北海道文学のアイデンティティを模索したが、実際の対象作品や作家においては網羅主義を抜け出すことはできなかった。

風土を強調する和田謹吾の試みは小笠原克に受け継がれたが、小笠原克は北海道の風土には日本文学の多様性を示す地方文学としての性質がある、と強調する。同じ風土だが、その目指す方向は和田謹吾とは真逆のような印象さえある。小笠原による「日本のなかの北海道、北海道のなかの日本」という図式は北海道文学を日本文学の多様性のなかに包括する作業である[4]。和田謹吾の当初の目論見とは別のものになったといえる。小笠原の主張する、風土の多様性による地方文学性は戦前の国策文学を彷彿させるところがある。例えば「日本のなかの朝鮮、朝鮮のなかの日本」といった植民地期朝鮮の縮小版とほぼ同型である。風土による個別性は多様化を標榜する全体主義にいかにも簡単に包み込まれていくのである。

両氏による探究以降、北海道文学に関連する思索はあまり進展がないまま、曖昧模糊とした網羅主義によって『北海道文学全集』（全二二巻別巻一）が刊行され、『北海道文学全集』に収録された作品が北海道文学という転倒現象さえ見受けられる。要するに、形式や形態が内容を決定しているように思われる。それ以来、観光事業や街おこし的な方便主義によっていまに至っているといえる。結局、北海道文学は存在するのか存在しないのか、曖昧なまま、便宜によるご都合主義でまかなわれているといえる。

ここで従前の北海道文学をめぐる主要論点と問題点を簡略に紹介する。

従前の北海道文学の研究は、いわゆる内地文学の延長線で捉えてきた。基本的には地方文学の範疇に入る。その方法論的な思想の枠は来道作家の遊子吟的（旅行記や滞在記）な帝国版図への感慨から出発し、国木田独歩によるロマン主義文学、国策を基調とする開拓文学、生産文学、建設文学等々の時代流れに沿いながら、敗戦後においては風土論が主流となっていく。戦後の風土論は、戦前とは風貌を異にするが、北海道の風土を日本文学の多様性に組み込む方向性は基本的に戦前を踏襲している。もちろん明治期には国木田独歩「牛肉と馬鈴薯」における「馬鈴薯党」、大正期の有島武郎による「カインの末裔」による異端的な思想軸、戦後においては武田泰淳「サイロのほとりにて」における「サイロ」の観念といったような二分論に基づく自己アイデンティティの模索は存在したが、そうした思想軸が精神史的系譜として定着することはなかった。分かりやすくいえば、いつの間にか、馬鈴薯党は牛肉党になり、カインの末裔は神の末裔を名乗り、サイロは石灯籠に取って替えられたのである。あったはずのものがいつの間にか無くなっているのである。

戦前において北海道は、総じていえば、その新風土による植民地的開拓精神、植民地的浪漫の場所であったといえる。旧満州国と大連（あるいは新京）の関係が北海道と札幌の間に存在していた。そこには国家の胎児を思わせるような幻影がある。島木健作が満州国の幻影のなかに「北方人の血と運命」を探し求めたのはこうした理由からである。▼5 森田たまの札幌が満州国大連と似通っているのも同様の思想的基盤によるものである。

しかし、戦後北海道は旧植民地的な要素が一掃され、内地的な文化要素、産業開発、経済資本が一気になだれ込んでくる。膨張の方向性を失った戦後日本の文化、政治、経済、産業資本などが向かったのは北海道であった。こうした傾向は北海道文学にも決定的な影響を与えることになる。旧植民地的な特権（中央政権との距離）は失われ、旧植民地が共有していた自立的な要素は破壊され、戦後日本や日本文学の枠組みに組み込まれていく。北海道文学の特徴的な諸要素はことごとく日本文学の地方的な風土性へと収斂されていく。満州文学と満州浪漫が中国人民文学へ吸収されていく過程と同じである。

他方、旧植民地的な風土と精神性のカタルシスはポストコロニアリズムの枠組みで解消されていく。こうした傾向は北海道文学を地方文学としてますます矮小化する結果を生む。はたして北海道文学のアイデンティティは存在するのだろうか。その独自性を見出すのは難しい。しかし、その探究においては以下の二つの点についての留意が必要であろう。

一つは風土論である。文学における風土論は金科玉条のようなところがあり、誰もが否定できない観念として尊重される。それは北海道文学を論じる際にはとくによく使われている。しかし他方ではこうした風土論は中央集権的な性質を有していることに留意する必要がある。多様な風土的な個性はいかにも簡単に集合的な全体像を暗に想定し、それを目指していくのである。国民文学に欠かせないのが風土論でもある。たとえば、戦前の大日本帝国の広い版図の多様な風土性が、帝国の帝国たる根拠となるのである。北海道の過酷な風土は容易く日本文学の中央集権を強化する要素にもなる。こうした風土論的な接近には留意が必要である。風土という空間主義がもつ陥穽である。

もう一つは比較の視点である。ものを理解するには比較の手法が有効であるが、比較はつねにその比較対象を必要とする。いわば比較対象によって主体はつねに限定され、歪曲され、その個性が捻じ曲げられる傾向がある。したがって、比較の視点には権力関係がおのずと発生する。つまり、従前において北海道文学はしばしば本土文学（日本文学）との比較のうえで論じられてきた。本土文学との比較のなかで、その個性が担保され、あるいは制限され、場合によっては創造されてきたといえる。北海道をめぐる野蛮、原始、酷寒、飢餓、大火、洪水、凶作等々のイメージがそうであり、その逆の大地、大空、豊穣、開拓、自然、ロマンというようなイメージも本土との比較の視点で得られたもので、その背景には便宜主義的な、あるいは権力関係による政治、文化的な意図が濃密に含まれているのである。本土を規定する裏返しとしての北海道が想定され、概念化されているのである。比較の視点がもつ陥穽である。

（3）原田康子文学の意義

繰り返すが、北海道文学を定義することは難しい。北海道文学の精神性、あるいは魂のようなものを作家や作品から抽出していくのは難しいのである。方法はその逆である。原田康子文学の喪失がそうである。存在は喪失によって明らかになる。存在がなければ喪失も存在しない。喪失があるとすれば、なにかが存在していたことの証左である。喪失した中身が実体となっていく。

北海道文学を定義することは難しいが、北海道で一生を送り、釧路や道東を舞台に膨大な作品を書き、その主人公たちが一概になにかを喪失したとすれば、その喪失したなにものかが北海道文学の神髄であり、魂となるものであろう。その失った何ものかを悼むことによってはじめて北海道文学の魂が認識されるのである。だから北海道文学は喪失から出発する。喪の行為から始めなければならない。それを比喩的にいえば、大地の大空に消えた塔の幻影を探すことにもなるであろう。原田文学でいうと、虹と星の幻影である。

これらを総じていえば、原田康子文学の喪失は、あるいは長い喪の期間は、故郷としての釧路と北海道を再認識するための心的浄化の過程であったといえる。自己の中に存在する本土という「あの国」への幻影から訣別し、北海道や釧路に自己アイデンティティの拠り所を求める過程であったといえる。真の自己アイデンティティは本土との融合ではなく、分離に存在する認識によようやく至ったと思われる。そのための大きな喪失であったと思われる。

こうした喪失のゆえ、原田康子文学は真の北海道文学の始源にもなり得ると思われる。真の北海道文学は、原田康子の大きな喪失によってはじめて認識され、そこから出発するものであると、筆者は思っている。

注

▼1　喪の仕事、対象消失、メランコリー（病的抑うつ）等々に関連する記述は、加藤敏ほか編『現代精神医学事典』（弘文堂、二〇一六年）を参照した。

▼2　吉行淳之介「ひたむきな青春の心象」（『図書新聞』一九五七年二月九日付）

▼3　和田謹吾『風土のなかの文学』（北書房版、一九六五年）

▼4　小笠原克『近代北海道の文学――新しい精神風土の形成』（日本放送出版協会、一九七三年）の「あとがき」。同氏によるこうした主張は『〈日本〉へ架ける橋　北海道にて』（辺境社、一九七二年）においても強い。

▼5　島木健作「文学的自叙伝」（『新潮』一九三七年八月号）。島木は「北方人の血と運命」を、「かつて勝利したことのない、朝にあつて栄えたことのない」、敗れた敗残者どもの負け根性になれた歪な劣等意識であると指摘している。それはジェイムズ・ジョイスの「喜んで虐げられる者たち」（the gratefully oppressed）に酷似している。

あとがき

本書は、前著『桜木紫乃の肖像——北海共和国とクシロの人びと』（作品社、二〇二三年）の姉妹編になるものである。桜木紫乃論を書く段階から姉妹編として計画した。私なりに北海道文学を定義しておきたかった。日本語で書く第八冊目の単行本である。

韓国出身である私が北海道文学を論じることに多少意外な思いをする人がいるかもしれない。しかし、私は戦前期の植民地文学研究を専門にしてきたので、北海道文学とはそれほど離れていない。植民地期朝鮮で起きた多くの現象が北海道でもみられるからである。同じく帝国の周辺に位置し、被植民地としての共通の苦難を経験している。植民地期朝鮮を研究すると北海道の苦悩がよく理解できるのである。逆にいまの北海道の姿から植民地期朝鮮の状況を類推することも多い。

本書を書く間、終始、大地の上に立つ大きな塔のことを考えた。イメージの連想から、大泉洋作詞・玉置浩二作曲「あの空に立つ塔のように」を何度も聴いた。本書の内容と深い所でつながっていると思った。名曲である。

塔のことでさらに連想が及ぶが、故平岡敏夫先生、故曾根博義先生も私にとっては塔のような存在である。恩師である故平岡敏夫先生については「追悼平岡敏夫先生」という一文を書いている。故曾根博義先生は小樽出身である伊藤整の研究に一生を捧げた研究者である。私が在住する静岡県出身であるが、こよなく北海道を愛した研究者である。少年のようなはじける笑顔がなかなか忘れられない。本書の刊行をあの笑顔でもっとも喜んで下さると思うのだが、古い塔のように、今はもう無い。本書をもってご冥福をお祈りする次第である。

本書は、前著に引き続き、作品社の福田隆雄さんにお世話になった。また本書の校正においては、佐藤美奈子さんに大いに助けられた。記してお礼を申し上げる。ほかにもお世話になった人はいるが、心に留めておく。

二〇二四年七月吉日

◆ナ行

◆ハ行

◆マ行

◆ヤ行

◆ラ行

◆ワ行

索引

◆ア行

◆カ行

◆サ行

◆タ行

[著者略歴]

南 富鎭（なん・ぶじん、1961 年～）

大韓民国慶尚北道出身の文学研究者。専門は日本近現代文学、日韓比較文学、植民地文学、松本清張、村上春樹など。

慶北大学校国語国文学科卒業。高等学校の国語（韓国語）教師を経て、1990 年に日本文部省国費留学生として来日。筑波大学大学院文芸言語研究科で博士号（学術）を取得。日本学術振興会外国人特別研究員。早稲田大学、筑波大学で非常勤講師を勤める。2003 年より静岡大学人文社会科学部助教授。2006 年より同教授。

単著

『近代文学の〈朝鮮〉体験』勉誠出版、2001 年

『近代日本と朝鮮人像の形成』勉誠出版、2002 年

『文学の植民地主義――近代朝鮮の風景と記憶』世界思想社、2006 年

『翻訳の文学――東アジアにおける文化の領域』世界思想社、2011 年

『松本清張の葉脈』春風社、2017 年

『村上春樹　精神の病と癒し』春風社、2019 年

『桜木紫乃の肖像――北海共和国とクシロの人びと』作品社、2023 年

共編

『張赫宙日本語作品選』白川豊共編、勉誠出版、2003 年

『張赫宙日本語文学選集　仁王洞時代』白川豊共編、作品社、2022 年

原田康子の挽歌
——北海国の終焉

2024年9月20日　第1刷印刷
2024年9月25日　第1刷発行

著者————南 富鎭

発行者———青木誠也
発行所———株式会社作品社
〒102-0072 東京都千代田区飯田橋2-7-4
tel 03-3262-9753　fax 03-3262-9757
振替口座 00160-3-27183
https://www.sakuhinsha.com
本文組版——有限会社閏月社
装丁————小川惟久
表紙絵：「サイロのある風景」（清水敦、著者所蔵）
印刷・製本——シナノ印刷（株）

ISBN978-4-86793-048-9 C0095

ウクライナの小さな町

ガリツィア地方とあるユダヤ人一家の歴史

バーナード・ワッサースタイン
工藤順 訳

国と国、歴史と歴史のはざまで――。

ウクライナ辺境の町の歴史と、
あるユダヤ人一家の歴史が交錯する

ハプスブルク家の支配、ロシア革命、反ユダヤ主義、ホロコースト、独ソ戦、ロシア・ウクライナ戦争……過去から現代に至るまで、東欧の複雑な歴史を複雑なまま理解するためにまさに今求められる、再発見と洞察に満ちた歴史書にして家族の年代記。

漱石『門』から世相史を読む

中西昭雄

Nakanishi Teruo

激変する明治末の庶民生活が生き生きと甦る

東京の片隅に肩を寄せ合って暮らす夫婦のしみじみとした愛情を描いた小説『門』
自らと読者が生きている社会・生活・世相を活写した作家・漱石。ハルビンでの伊藤博文暗殺に始まる『門』から、激変する明治末のさまざまな世相（家計、電車、盛り場、メディア、探偵、アジア進出、社会主義……）を読み解く。